‖ 인문교양총서 15

함세덕, 그가 걸었던 길

•

김 재 석

인문교양총서 015

함세덕, 그가 걸었던 길

김재석 지음

역락

함세덕은 <동승>의 작가로 널리 알려져 있다. 중고등학교 교과서에도 실려 있고, 영화로도 거듭 제작되었으니 <동승>이 그의 대표작으로 손꼽히는 것도 무리는 아니겠다. 그렇지만 <동승>은 함세덕의 중요한 작품일 수는 있어도, 결코 그를 대표할 작품은 되지 못한다. 그가 힘들게 걸어갔던 연극의 길을 제대로 보여주는 작품이지 못하기 때문이다.

이 책에서는 극작가 함세덕이 걸어갔던 길을 따라 걸으면서 그를 알아보는 방식을 취하였다. 길지 않은 활동 기간이었지만, 다양한 성향의 작품을 폭발적으로 내어놓은 그를 이해하기에 가장 적절한 방법이라 여겨져서 그렇게 하였다. 자신의 작품으로 관객을 공연장에서 만나는 순간을 가장 행복하게 여겼던 함세덕이었지만, 그가 살아간 시대는 그의 소박한 꿈을 쉽게 허락하지 않았다. 거대한 벽 앞에서 함세덕은 많은 고민을 하였고, 스스로의 힘으로 길을 선택했으며, 그리고 후회 없이 그 길을 걸어갔다. 그러한 함세덕을 조망하는 개괄적인 살핌을 이 책의 서두에 두었고, 이어서 그의 길을 세 부분으로 나누어 대표적인 작품을 통해 좀 더 상세하게 살펴보았다.

함세덕과 함께 걸었던 길의 마지막에 서서 지금 우리의 극장을 생각한다. 함세덕의 꿈을 우리는 얼마만큼 이루고 있는 것일까. 매일 매일 많은 작품이 공연되고 있고, 이제는 '브로드웨이'를 목표로 삼아야 한다는 소리도 들리고 있다. 외형적인 면에서는 함세덕의 시대에 비해 큰 발전을 이룩한 것은 틀림이 없다. 그러나 그 많은 작품들 가운데 '이것이야말로 진정한 우리 시대의 극'이라고 자신할만한 작품을 찾기는 쉽지 않다. 그런 점에서 함세덕은 아직도 유효하다. 주어진 열악한 환경 속에서도 좌절하지 않고 자기가 원하는 최상의 극을 만들어내려 했던 그의 정신과 노력을 우리의 가슴에 담아둘 필요가 있다.

마지막으로, 이 책은 기존에 발표했던 논문을 바탕으로 해서 독자들이 쉽게 읽을 수 있도록 풀어쓴 것이다. 혹시 이 책을 읽고 함세덕에 대해 좀 더 깊이 있는 이야기를 하고자 하시는 분이 있다면, 필자의 논문을 찾아 읽어주실 것을 부탁하고자 한다.

2012년 1월

김재석

차례

I. 선택과 도전의 여로

1. 함세덕, 그 특별한 이름

한국 극작가 중에서 탁월한 극작술을 지닌 이를 꼽으라 한다면 함세덕은 결코 빠지지 않을 것이다. 첫 작품 <산허구리>에서부터 마지막인 <산 사람들>에 이르기까지, 그의 장기인 '사건 구성의 정교함과 뛰어난 대사 구사력'이 어느 한 작품에서도 모자람 없이 잘 발휘되고 있기 때문이다.

<산허구리>를 1936년 『조선문학』에 발표하였으니, 1950년 6월 불의의 사고로 사망할 때까지 그의 활동 기간은 14년 정도에 불과하다. 그 기간은 일제강점하에서도 가장 혹독했던 시기였으며, 광복 직후의 좌우대립으로 극도로 혼란스러웠던 시기였다. 그럼에도 불구하고 그는 믿기 어려울 정도의 왕성한 활동력을 보여주었다. 1930년대 연극인들의 대표적 경향은 일본에 유학하면서 서양극을 접하고, 졸업 후 식민지조선으로 돌아와 자신이 배운 바를 펼쳐 보이는 방식이었다. 함세덕은 그렇지 않았다. 그는 연극과 무관한 인천상업학교를 1934년에 졸업하였으며, 졸업 후의 첫 직장도 서울의 일한서방(日韓書房)

이었다. 유학 경험도 없고 극단 활동도 하지 않는 상태에서, 오직 공연 관람과 독서 경험만으로 <산허구리>처럼 안정된 극작품을 발표했다는 사실은 정말 놀랍다.

만일 함세덕이 <동승>을 마지막으로 요절하였거나, 아니면 월북하지 않고 이곳에서 무난하게 일생을 마감하였다면 그의 이름 앞에 '천재작가'라는 수식어가 분명히 붙어 다닐 것이다. 그러나 지금 그의 이름 앞에는 '친일작가', 혹은 '좌익작가'라는 부정적 수식어가 따라 다니고 있다. 1940년대 그의 작품이 가지고 있는 이념적 지향 때문이다.

그는 1941년에 유치진이 주도하였던 극단 현대극장에 가담하면서 일련의 친일극을 발표하였다. <추장 이사베라>, <황해>, <어밀레종> 등은 일본의 침략 전쟁을 정당화하고 후원하려는 의도가 분명히 드러나 있는 작품이다. 광복 직후 벌어진 좌우익 대립에서 그는 좌익극에 합류하여 사회주의를 옹호하는 작품을 발표하였다. 1947년 조선연극동맹이 주최한 3·1절 기념연극제에서 함세덕은 <태백산맥>으로 "민족연극운동의 지침"[1]을 확립하였다는 평을 얻기에 이른다. 서울에서 좌익 예술인에 대한 탄압이 대대적으로 전개되기 시작하자, 그는 1947년 어느 날 월북을 감행하여 자신의 정치적 지향점을 분명하게 드러내었다.

함세덕을 어떻게 평가할 것인가. 이 질문은 일제강점기와 광복 직후의 시간을 살았던 모든 극작가들에게 해당되는 것이기도 하다. 일제는 1936년에 조선사상범보호관찰령을 시행하여 예술가들의 생각까지도 검속하기 시작했다. 함세덕처럼 1930년대 중반 이후에 극계에 등장한 신인작가의 경우 급변하는 창작 환경 속에서 그냥 버티는 것조차 힘든 상황이었다. 함세덕은 그러한 자신의 처지를 "싹트자 서리를 맞는 격"[2]이라 표현 하였다. 일본이 중국을 침략하여 전쟁이 발발하자, 식민지 조선을 병참기지화 하는 전략에 따라 1938년에는 국가총동원법이 제정되었다. 사람을 포함하여, 식민지 조선에 존재하는 모든 것들은 일제의 전쟁 수행을 위한 도구로 여겨졌으며, 국민연극에 속하지 않는 작품은 발표와 공연이 금지되는 상태가 되었다.

1945년 8월 광복을 맞이하자 모든 상황이 정상적으로 돌아갈 수 있을 것으로 생각했다. 그러나 정치·사회적으로 좌우익이 첨예하게 대립하는 상황에서 연극인들도 예외일 수가 없었다. 정치와 이념적 지향이 연극인들의 예술적 욕망보다 더 우위에 서있었다. 광복을 맞이한 한국의 극이 지향해야 할 바를 심도 있게 고민할 틈도 없이 이념을 앞세운 작품을 무대에 올려야만 했다. 숨 돌릴 여가 없이 몰려오는 어려움 속에서도 함세덕은 자신의 이념적 지향을 담은 작품을 발표하고, 공연을 하였다. 그 결과물이 바로 오늘 날 우리가 만나는 작품들이다.

남겨진 작품으로 보면 광복 이전의 함세덕은 친일 연극인, 그 이후에는 좌익 연극인이었다는 사실은 분명하다. 그런 까닭에 그의 극작술을 높게 평가하는 논자들도 희곡사와 연극사에서 함세덕의 위치를 높이 자리 매김하는 데에는 주저하고 있다. 어떤 연구자는 함세덕을 "불운한 현대사를 살면서 가장 좋지 못한 연극적 예범을 보여준 극작가"[3]라고 평하기도 한다. 국민연극 시기의 작품은 친일의 원죄에 해당하고, 해방직후의 작품은 좌익 사상의 선전물이라는 부정적 관점 때문이다.

함세덕의 극작술을 높게 평가한다 하여도, 그것이 친일과 좌익의 이념을 전파하는 '수단'으로 사용되었다는 입장이 전제되는 한 정당한 평가는 어렵게 된다. 함세덕을 포함하여 국민문학 시기와 광복 직후의 정치적 혼란기를 지내온 대부분의 근대작가들을 평가하는 데 있어서 친일, 혹은 좌우익이라는 이념적 외피에 지나치게 종속되어서는 생산적인 논의가 불가능해진다. 국민문학기나 해방직후의 작품들이 지니고 있는 정치적 입장을 밝히는 것도 필요하지만, 그보다는 그러한 작품들이 작가의 후대적 변모에 어떠한 계기로 작용하고 있는지를 정확하게 파악하는 일이 더욱 중요한 일이라 하겠다. 다시 말하자면, 친일극이든 좌익극이든 간에 그러한 이념적 지향을 이끌어 낸 작가의 내적 논리를 파악하는 작업이 이루어져야 하며, 그러한 논의는 심증에 의해서가 아니라 작품에서 찾은 구체적 물증들에 의해 명확하게 밝혀져야만 한다는 것이다.

2. 내릴 수 없는 연극 공연의 깃발

　함세덕은 어떠한 상황에서라도 극작품을 창작하고, 공연하는 것을 가장 중요하게 여겼다. 그는 자신을 둘러싼 정치·사회적 환경이 변화되어 연극 공연이 힘들어질 때마다, 대안을 마련하고는 공연을 계속 해 나갔다. 그가 발표한 극작품의 대부분이 무대화 될 수 있었던 것도 그러한 노력의 결과이다. 함세덕이 연극 공연을 중요하게 생각한 것은 공연 현장에서 이루어지는 관객과의 소통을 중요하게 여겼기 때문이다. 연극 공연의 가장 큰 강점은 현장성에 있다. 공연장을 찾은 관객들은 자신의 눈앞에서 무대상의 상황을 목격하는 경우가 되기 때문에 마치 사건의 현장에 있는 것 같은 느낌을 가지게 된다. 거기에 더하여, 신문이나 잡지에 게재된 극작품의 경우 문맹자들은 아예 접근을 할 수가 없지만, 공연이 될 경우에는 그러한 제한이 없어지므로 수요자가 크게 확대된다는 점도 중요하다. 함세덕은 자신의 작품이 활자 상태로 책속에 갇혀 있기보다는 공연 현장에서 관객과 만나게 되기를 원했다. 그가 자신의 작품을 여러 편 개작한 것도 환경의 변화에 맞추어 공연이 가능하도록 수정하는 노력의 일환이었다.

　공연의 현장성, 그리고 관객과의 소통을 중요하게 여기는 함세덕의 작품에는 계몽·선전성이 강하게 자리하고 있다.[4] 〈동승〉과 〈해연〉 정도의 작품을 제외한 대부분의 작품에는 작가 자신이 파악한 현실 문제와 그가 마련한 대안을 관객에게 전하고자 하는 의지로 가득 차 있다. 연극을 통한 계몽·선전은 일제강점기극작가에게서 흔하게 발견되지만, 함세덕이 활동을 시작할 무렵에는 일제의 탄압으로 인하여 계몽·선전 담론을 내포한 작품이 급격하게 쇠퇴하고 있던 때였다. 함세덕이 자신의 계몽·선전 담론을 일관되게 유지하기가 쉽지 않은 상황이었다. 계몽·선전 담론은 작가 자신의 입장 변화에 따라 달라지기도 하지만, 그가 놓인 정치·사회 상황의 변화, 그리고 수용자(관객)의 성향 변화와 맞물리면서 변화가 일어나기도 한다. 함세덕은 정치·사회 상황의 변화가 다른 요인을 압도하고 있는 경우에 해당한다. 길지 않은 활동 기간 동안 함세덕의 작품 경향이 여러 차례 바뀐 것도 그러한 맥락에서 이해하여야 한다.

함세덕이 등단할 무렵 그가 주 대상으로 설정한 관객층은 식민지조선의 민중이었다. <산허구리>는 그러한 작가 입장을 잘 보여주고 있다. 서해안의 궁핍한 마을에 살아가는 석이네 식구들의 삶은 식민지조선 민중의 삶이 어떠했는지를 대변하고 있다. 가난을 벗어날 수 없는 현상에 대해 깊이깊이 생각해보겠다는 석이와 복실의 다짐은 관객을 향해 던지는 함세덕의 목소리 바로 그것이기도 하다. 그러나 일제의 검열은 그러한 목소리를 더 이상 용납하지 않았다. 문화통치라는 허울 좋은 가면을 벗어 던진 일본은 식민지조선을 압박해 들어가기 시작

하였다. 함세덕은 긴 침묵으로 시대를 견디어 나갔다. 1939년
에 유치진의 연출로 연극경연대회에 참가한 <도념>(<동승>으로
개제)은 함세덕의 작품이 식민지조선의 관객을 위무하는 방향
으로 선회하고 있음을 알게 한다. <해연>은 연극을 보는 재미
가 어떤 것인지를 잘 보여주는 뛰어난 작품이다. 사랑에 빠졌
다가 눈물로 헤어지는 진숙과 세진의 감정을 섬세하게 잘 그
려내어 눈물 과잉의 상업극에 빠져들지 않았다.

　1940년대 전반기 국민연극 시기에 함세덕은 일제의 '국민'
으로 변화되어야 할 대상으로서의 식민지조선의 민중을 만나
게 된다. 그 이전과 정반대의 계몽·선전 담론을 담아내어야
하는 상황에 놓인 것이다. 국민연극에 동참하지 않으면 작품
창작도, 공연도 불가능한 상황에서 그는 극단 현대극장에 참
여한다. 이 시기에 그가 발표한 작품들, <낙화암>, <추장 이
사베라>, <어밀레종>, <황해> 등에는 국민연극 활동에 동참
하고는 있으나, 그 주류적 경향에 무조건적으로 휩쓸리지 않
으려 노력하는 함세덕의 모습이 발견되고 있다. 작품의 표면
에는 약하든 강하든 일제가 요구하는 모든 것들이 드러나 있
다. 그렇지만 작가의 의도는 볼거리가 많은 화려한 무대를 만
드는 것에 있었으며, 국민연극을 주도하는 관의 힘을 이용하
여 그 이전에는 무대화하기 어려웠던 대작을 공연해보려 궁리
한 것이다. 그가 일본어로 창작하고, 극중 인물과 배경을 모두
일본으로 한 <거리는 쾌청한 가을 날씨>가 일제강점기의 마

지막 작품이다. 외형적으로 보면 국민연극의 모든 조건을 만족 시키고 있지만, 식민지조선에서 공연되었을 때 친일의 효과가 거의 발생하지 않도록 한 작가의 의도가 숨어 있는 작품이다.

광복이 되자, 함세덕은 해방된 조국의 민중을 관객으로 만나게 된다. 함세덕은 새로운 국가 건설에 대한 그의 확고한 신념, 즉 프롤레타리아가 새로운 국가 체제 선택의 중심에 서야 한다는 점을 관객에게 전해주고자 했다. <고목>은 이 시기 함세덕을 가장 잘 이해할 수 있는 작품이다. 일제 잔재 청산의 기대와 일제가 만들어준 기득권을 보호하려는 기대가 서로 충돌하고 있는 당대 상황이 현실감 있게 그려져 있다. 일제강점기에 축적한 자기 재산을 지키기 위해 정치인 오각하에게 고목나무를 투자하려던 거복이 그 뜻을 포기하는 결말은 그 당시 함세덕의 정치적 입장을 분명하게 드러내고 있다.

월북 이후에도 함세덕은 꾸준히 작품을 발표하였다. <소위 대통령>에서는 이승만 정권의 대미 종속성을 문제 삼고, <산 사람들>에서는 제주 4·3사태를 한국의 통일을 실현하기 위한 민중항쟁으로 의미 부여를 하였다. 광복직후의 혼란 속에서 일관되게 추구하던 그의 계몽·선전담론은 급작스럽게 종료되고 만다. 한국전쟁이 발발하자 인민군의 일원으로 참여했던 그가 사고로 죽음을 맞이하였기 때문이다.

3. 한국극의 역사에서 함세덕의 의미

함세덕은 요즘에는 상상하기 어려운 상황 하에서도 연극 무대를 떠나지 않으려 했다. 비극적 죽음을 맞이하기 직전까지 그는 쉼 없이 작품을 창작하거나 개작하여 공연에 임했다. 연극 공연의 지속에 대한 그의 열정은 연출·배우 중심의 연극계에서 극작가의 중요성을 일깨워준 계기가 되었다.

주지하다시피 한국의 고전 연극계에서는 작가의 위치가 미비했다. 가면극이나 판소리 등은 오랜 기간 동안 구비 전승되어 오면서 수정보완 된, 즉 공동창작으로 만들어졌기 때문에 개별 작가는 큰 의미가 없었다. 근대전환기 후 극계 환경이 바뀌면서 한국극계에도 극작가가 나타나기 시작했다. 지금 현재 자료로 보면 1917년에 창작된 이광수의 <규한>이 최초로 발표된 창작극에 해당한다. 이광수기 작품을 『하지광』에 게재하기는 하였으나, 공연의 가능성에 대해서는 그 자신도 확신이 없는 상태였다. 신문이나 잡지에 발표된 희곡작품을 공연해줄 극단의 존재 자체가 희귀했기 때문이다. 공연 가능한 극단의 부재, 그리고 일제의 공연검열로 인하여 1920년대 창작된 대부분의 희곡은 미공연의 상태로 남아 있게 되었다. 이런 상황에서 본격적인 극작가의 출현을 기대하기는 어려웠다.

이런 까닭에 한국 연극사에서 유치진의 존재가 돋보인다. <토막>(1931) 이후 발표한 대부분의 유치진 작품이 무대화 되었다. 그가 중요한 역할을 담당하고 있었던 「극예술연구회」가 있었기 때문에 가능한 일이었다. 유치진은 일제의 검열을 수용한 합법적 극장공연을 목표로 하였고, 「극예술연구회」를 통해 그러한 의도를 실천하였다. 그런 까닭에 일제강점기 유치진은 연출가이자, 극단 기획가, 비평가의 역할을 두루 겸비한 인물이 되었다. 거기에 비하면 함세덕은 그야말로 자신의 창작능력만으로 연극계에 진입하여 자신의 자리를 확보한 인물이다. 함세덕을 한국극계에서 극작가의 위치를 확고히 한 최초 인물로 손꼽는 이유도 거기에 있다.

극작가와 극단은 상호협조 관계이기도 하면서 상호경쟁의 관계에 있기도 하다. 상호협조란 것은 극작가와 극단이 뜻을 같이 하여 작품을 창작하고 공연하는 관계를, 상호경쟁이란 것은 극작가와 극단이 서로 상대에게 특정한 부분을 요구하면서 갈등하고 있는 경우를 말한다. 그런 점에서 보자면, 「동양극장」에 소속되어, 그들이 필요로 하는 작품을 제공하는 역할에만 충실했던 작가들을 진정한 극작가로 보기는 어렵다. 진정한 극작가란 자신이 목표하는 바가 뚜렷하며, 그것을 효과적으로 형상화 할 수 있는 극작 기량을 가지고 있어야 한다. 함세덕은 여러 면에서 그러한 조건에 부합하는 작가이다.

함세덕은 뛰어난 극작 기량을 가지고 있어서 극단에서 충분히 탐을 낼 수 있는 기본 요건을 갖추고 있었다. 거기에 더하여 그는 어떠한 경우에라도 연극계를 떠나지 않고, 공연 현장을 지키려는 의지를 가지고 있었다. 그의 생애에 있어서 가장 큰 오점으로 지적되고 있는 친일극의 경우도 그러한 의지에서 비롯된 소산이다. 국민연극 외에는 공연이 불가능한 상황에서 연극을 그만두기 보다는, 그가 꿈꾸었으나 할 수가 없었던 대형무대를 실현해보고자 했던 것이다. 이미 발표했던 작품을 거듭하여 개작한 것도 좀 더 공연성이 높은 작품으로 만들고자 하는 작가의 의도 때문이다. 함세덕의 그러한 노력으로 인하여 한국 연극계에서도 연출가, 배우와 더불어 극작가의 위치가 뚜렷하게 드러나기 시작한 것이다.

4. 발표 작품과 지면

연도	작품명	발표지	비고
1936	산허구리	조선문학, 9월	
1939	도념		『동아일보』가 주최한 제2회 연극경연 대회에 유치진의 연출로 초연. 〈동승〉으로 제목을 바꿈
1940	해연	조선일보	신춘문예 당선작(1월 3일~2월 9일 연재)
1940	낙화암	조광, 1~4월	
1940	닭과 아이들	동아일보	아동극(3월 15일~3월 31일 연재)
1940	5월의 아침	소년, 7월	아동극
1940	동어의 끝	조광, 9월	〈무의도 기행〉의 원작
1940	서글픈 재능	문장, 11월	〈추석〉으로 제목을 바꿈
1941	심원의 삽화	문장, 2월	

연도	작품명	발표지	비고
1941	무의도기행	인문평론, 4월	
1941	감자와 쪽제비와 여교원		『춘추』에 게재하려 하였으나, 검열로 전문이 삭제.『동승』에 게재
1942	추장 이사베라	국민문학, 3월	
1943	어밀레종(エミレエの鐘)	국민문학, 1~2월	
1944	거리는 쾌청한 가을 (町は秋晴れ)	국민문학, 11월	일본어 작품
1946	기미년 3월 1일	개벽, 4월	조선연극동맹 주최 제1회 3·1기념연극대회에서 공연
1947	고목	문학, 4월	〈거리는 쾌청한 가을〉의 개작
1947	희곡집 동승	6월	박문출판사
1949	소위 대통령	종합 단막 희곡집	문학희곡사
1949, 1950	산 사람들	문학예술, 12월~3월	1막(12), 2막(1950.1), 3막(1950.2), 4막(1950.3)

II. 사회극에서 대중극으로

1. 궁핍한 현실의 재현

1.1. 피폐한 현실의 형상화

1930년대 식민지조선의 궁핍을 대표하는 지역은 농촌이었
다. 지주의 땅을 빌려 농사를 열심히 지어도, 추수 후 소작료
와 빚을 제하고 나면 손에 쥔 것이 하나도 없는 기가 막힌 상
황이 당대 농촌에서는 아주 일반적이었다. 유치진이 <버드나
무 선 동리의 풍경>에서 그렸듯이, 송아지 가격이 유곽으로
팔려가는 처녀의 몸값보다 더 비싼 비극적 상황까지 벌어지고
있었다. 함세덕의 <산허구리>는 식민지조선의 어촌에서도 그
못지않은 상황이 벌어지고 있고, 그래서 식민지조선의 궁핍이
전국적으로 더 이상 어찌해볼 도리가 없는 단계까지 이르렀음
을 알리고 있다.

함세덕은 <산허구리>에서 자연주의 극작가의 모범적 자세

를 보여주었다. 주지하다시피 자연주의 극작가는 당대 사회의 모순을 생생하게 재현해 보여주면서, 그러한 모순을 극복해야 하는 이유와 방법을 관객들에게 묻고 있다. 모순을 극복할 방법을 극으로 보여주지는 않기 때문에 관객들이 그 길을 찾아갈 수 있도록 충분한 정보가 작품에 주어져 있어야 한다.

함세덕은 <산허구리>에서 서해안의 어느 작은 마을을 배경으로 하여, 비바람이 몰아치고 있는 어느 날 꼭두새벽에 어촌에서 벌어진 비극적 사건을 생동감 있게 그리고 있다. 막이 열리면 밤이 되어도 편히 잠들지 못하는 노어부네 가족이 등장한다. 폭풍우가 몰아치고 있는 이 밤에 노어부의 둘째아들(복조)을 포함해서 동네 사람들이 여럿 탄 배들이 바다에 나가 있기 때문이다. 조기떼가 마을 앞 바다에 몰려들어 출어하는 배마다 만선을 꿈꿀 수 있는 상황이었지만, 때마침 불어온 폭풍으로 인하여 그들의 안위마저 위태로운 상황이 되었다. 조그마한 행운마저도 온전하게 가지지 못하는 마을 사람들의 처지는 당대 식민지조선이 처해 있는 형편으로 읽힌다.

노어부 가족에게 있어서 복조는 불행으로부터 그들을 지켜줄 방파제와 같은 존재이다. 튼튼한 몸을 지닌 뛰어난 어부 복조는 그의 아버지가 상어에게 한쪽 다리를 잃어버리고, 형이 배 사고로 세상을 떠난 뒤 실질적인 집안의 가장이 되었다. 그를 제외하면 제대로 생산력을 지니고 있는 가족이 없다. 다리 한쪽을 잃어버린 노어부는 삶의 희망을 잃어버린 지 오래이며, 매일 술로 날을 지새우면서 몸도 성치 않은 상태이다. 석이 어머니는 바다에서 큰 아들을 잃은 뒤로 불안감 때문에 마치 실성한 사람처럼 보일 때가 많다. 둘째 딸 복실이와 막내아들 석이는 아직 어려서 바다에 나가지 못하고 갯벌에서 조개나 잡아 생계를 도울 뿐이다. 건너 마을에 시집을 간 첫째 딸 분어미는 일찍 과부가 되었으며, 어린 아이를 데리고 살기가 너무 막막하여 때로는 임자 있는 갯벌의 조개를 훔쳐 팔기도 한다.

희망이란 단어조차 입에 올리기 힘들 정도로 피폐한 노어부의 살림살이는 관객들이 식민지조선의 현실을 떠올리게 만든다. 1931년에 중국의 만주를 침략한 일제는 동아시아 전체를 상대로 하는 전쟁을 기획하고, 그 전쟁의 병참기지로 식민지조선을 활용하려 한다. 함세덕이 <산허구리>를 발표한 시점은 일본이 1937년에 중국 내륙을 침략하기 직진에 해당한다. 그 무렵 식민지조선 민중의 삶은 일제의 야욕으로 인하여 가혹한 수탈과 억압에 허덕이고 있어서 <산허구리>의 노어부 집안과 다를 바가 전혀 없었다. 함세덕은 노어부의 가정이 가난을 벗어날 수 있는 가능성은 없다고 보았다. 집안의 기둥 노릇을 하는 복조가 만선을 이루어 안전하게 돌아온다고 하여도 그들에게 돌아올 이득은 거의 없기 때문이다.

석이 : 이번 천동에 조기떼가 모도 우리 개올로 몰렸대.

들오는 배마다 뱃전이 철철 넘겠지. 아주 드문
대풍년이야.

복실 : 오빠 배도 들오기만 하면 졸 텐데.

석이 : 아버지도 오늘은 그턱에 돈 점 버실껄. (사이) 작
은 성 배 들와도 신통할 께 없어.

복실 : 어물거관들 멧푼 던져뜨리고 죽기살기해서 잡은
고기 모조리 휩쓸어갈 걸 생각하고?

석이 : 고깃배 가란도록 가득 잡어 들왔댔자 조기토막
한번 쩌먹고 읍에 간 적 있냐? 지금도 빈 그물
미고 풀죽은 얼굴로 작은 성 터덜터덜 모래사장
걸어오는 것이 보이는 것 같다.

복실과 석이가 나이 어리긴 해도 어촌에서 태어나고 자라난
지라 체험적으로 모순의 구조를 느끼고 있다. 식민지조선에서
는 어부들이 고기를 잡아 오더라도 독자적으로 판매할 수가
없었다. 명목상으로는 경매를 통해 판매하는 것이지만, 막대한
자금을 가진 거간꾼들이 개입하여 마음대로 시세를 조절하였
기 때문에 어부들이 절대적으로 불리하였다. 조그마한 쪽배로
는 먼 바다로 갈 수 없기 때문에 어부들은 선주에게 배를 빌
려 출어를 하기 마련이다. 만선을 이루더라도 어부의 손에 큰
돈이 떨어지지 않는 구조로 인하여, 이런저런 경비를 제하고
나면 그들은 또 다시 빈손이 될 수밖에 없었다. 가난의 굴레를
벗어나기가 어려운 상황인 것이다.

복조가 안전하게 돌아오더라도 상황은 어려운데, 거센 비바람은 그를 삼키고 만다. 겨우 겨우 버티고 있던 노어부 집안의 기둥이 무너져버린 것이다. 폭풍우 속에서 동료 배들을 이끌며 고군분투하던 복조는 파선하면서 물에 휩쓸려 가버렸다. 복조의 죽음과 함께 노어부 집안의 희망은 없어졌다. 형이 만선하여 돌아오면 자신이 번 돈으로는 새 고무신 하나 사 신어 보려던 석이의 꿈은 사라졌고, 복조에게 의지하여 힘든 세상의 시련을 잊고 견디어 보려 했던 어머니의 꿈도 사라졌다. 노어부는 절망 속에서 "술에 곯아 바지 밑으로 피가 모래밭에 줄줄 흐르는" 몸으로 다른 이에게 시비를 걸었다가 오히려 낭패를 겪는다. 조개를 훔쳤다가 곤욕을 치른 분어미는 동네를 떠나기로 결심한다. "지갯미를 끓여먹드라도 한데 있는 것이 든든"하다는 복실의 권유를 뿌리치고, "항구에 가서 사내놈들 틈에 껴서 맷돌에 녹두같이 살"아가려고 한다. 결국 분어미는 술집으로, 혹은 유곽으로 흘러 다니게 될 것이다. 복조의 죽음과 함께 찾아온 절망이 분어미로 하여금 이성적인 판단을 마비 시켜 버렸다.

내일의 삶을 예측할 수 없는 나락의 구덩이에 빠져버린 노어부 집안이 너무나 생생하게 그려져 있다. <산허구리>의 노어부 집안 식구들의 처지에서 어디 한 곳 숨 쉴 곳을 갖지 못한 채 절망에 빠져 있던 식민지조선의 민중들이 느껴진다. 1930년대 중반을 지나면서 삶의 희망을 잃어버린 민중들은 늘

어만 갔다. 지긋지긋한 가난을 벗어나기 위하여 중국의 만주로 가서 농사를 지어보기도 하고, 아니면 일본으로 가서 막노동을 하면서 생계를 꾸려보지만, 그들 역시 일제가 벌이고 있는 전쟁의 광기로부터 자유로울 수가 없었다. <산허구리>에 등장하는 강원도 출신 어부의 삶이 바로 그러하다. 강원도 어부의 배는 겨우 파선을 면하고 돌아와 목숨은 건질 수가 있었다. 그러나 살아났다는 기쁨도 잠시 "죽은 것만 못"한 현실을 깨닫는다. 그는 빚을 갚고 제대로 한 번 살아보기 위해 배를 타러 이 마을에 왔다. 풍어기에 배를 타면 목돈을 마련할 길이 보일 것만 같았기 때문이다. 돈이 없는 그는 "딸 팔어서 노자"를 마련해야 했고, 돌아가면 "몸값에다 길미 곱부쳐서 갚"아야 하는 형편이다. 그런데 모든 것이 끝나버린 것이다. 가난을 면하기 위해 최후의 방법을 택하였지만, 그마저 잃어버린 강원도 어부의 모습이 당대 사회와 관련하여 많은 것들을 떠오르게 한다. 고향에서 "황새목을 해가지고 문소리만 기다릴" 가족에게 빈손으로 돌아갈 수 없어 끙끙거리고 있는 강원도 출신 어부의 모습은 희망을 잃어버린 식민지조선 민중의 모습 그 자체이다.

함세덕은 <산허구리>에 등장하는 노어부 일가족의 비극적 삶이 단지 그들만의 것이 아니라, 식민지조선 어느 곳에서도 발견될 수 있는 보편적 일임을 알려주었다. 그가 식민지조선의 궁핍을 무대에 재현한 이유는 그곳으로부터 탈출할 방법을 찾아야함을 강조하기 위해서이다. 함세덕은 낙망하지 말고, 현실을 직시하는 것만이 절망적 상황을 벗어날 수 있는 길임을 보여주고 있다. 끔찍한 상황 속에 던져진 노어부 집안이지만 그들은 그대로 주저앉지 않는다. 복조의 죽음에 충격을 받은 어머니는 반미치광이가 되어버렸고, 노어부는 모든 삶의 의욕을 잃어버렸지만 복실이와 석이는 그렇지 않았다. 그들은 좌절 속에서도 다시 일어서는 것이다.

> 석이 : 누나야, 어머니는 한세상 참말 헛사셨다. 웨 우
>   리는 밤낮 울고 불고 살아야 한다든?
> 복실 : (머리를 쓰다듬으며) 굴뚝에 연기 한 번 무럭무
>   럭 피여오른 적도 없었지.
> 석이 : (울음 섞인 소래로, 그러나 한 마디 한 마디 똑똑
>   히) 웨 그런지를 난 생각해볼 테야. 긴긴 밤 개에
>   서 조개 잡으며, 긴긴 낮 신작로 오가는 길에 생
>   각해볼 테야.

복실과 석이도 현실이 너무나 팍팍하다는 사실은 인정한다. 그렇지만 그렇게 되어버린 이유를 알아보려 하는 것이다. 이유를 알게 되면, 그러한 가난을 벗어날 수 있는 대안도 모색할 수 있을 것이다. 함세덕은 식민지조선의 부모 세대가 아니라, 성장하고 있는 복실과 석이에게 그러한 희망을 투영해두고 있다. 여기에서 어두운 현실에서도 미래를 포기하지 않고 있는

작가 의식을 읽을 수가 있다. 비바람이 휩쓸고 간 뒤 잔잔해져 가는 바다와 서서히 터오는 먼동으로 극의 마지막을 장식한 이유도 절망 속에서 희망을 놓지 말아야 한다는 생각을 강조해서 보여주려는 것이다.

1.2. 가난의 실상을 무대화하는 공연기법

1) 효과적 공간 배치

연극에서 어촌을 극중 배경으로 삼기가 쉽지 않다. 바다를 무대에 끌어들이기 어렵다는 점이 무엇보다도 큰 문제이다. 어촌이 사건 전개의 배경 구실만 하는 것이 아니라, <산허구리>처럼 어부들의 생활을 생생하게 담아내는 의미 있는 공간으로 설정된 경우는 더 어렵다. 함세덕은 뛰어난 극작술로 바다, 항구, 마을 같은 '비가시적 공간'[5]을 다루어내는 데 성공함으로써 어촌극이라는 새로운 영역을 개척할 수가 있었다.

<산허구리>의 무대는 노어부의 토막을 중심으로 하고 있다. 노어부의 가난한 살림살이가 그대로 드러나 보이는 토막의 "중앙에 개흙이 무너져가는 방이 있고 우편으로 비스듬히 부엌"이 있다. 함세덕은 노어부의 집 뒤편으로 바다를 배치하여 부엌 뒷문으로 바라볼 수 있도록 설정하였다. 부엌은 살림을 맡은 석이 어머니의 공간인데, 이곳에서 바로 바다가 보이

기 때문에 일편단심으로 바다에서 눈길을 떼지 못하고 있는 그녀의 행동을 자연스럽게 보여줄 수가 있다. 아들의 무사 귀환을 애타게 기다리고 있는 석이 어머니의 마음을 가장 효과적으로 보여줄 수 있는 무대 배치라 하겠다.

함세덕은 바다를 바라볼 수 있는 위치에 있는 인물을 활용하여 비가시적 공간인 바다를 극 속으로 끌어들이고 있다. 노어부의 토막에서 바다가 내려다보일 수 있도록 설정하였기 때문에 가능한 일이다. 석이 어머니와 마당에 서서 이야기를 하고 있던 윤첨지가 바다에서 힘들게 항구로 돌아오고 있는 배를 발견한다.

> 윤첨지 : 응 응, (깜짝 놀란 듯이) 복실네 복실네, 저걸
> 좀 보게. 배야, 배. 범바위 옆을 서슴지 않고
> 도는군.
> 처 : 수복할아버지, (좋아 어쩔 줄을 모르고) 정말요 아
> 무리 물귀신이 주렸기로 큰아이 하고 큰 사위 잡어
> 가고 둘째마저 잡어갈 것 같지가 않었어요.
> 윤첨지 : 물결이 셔서 통창으로 작고 내리밀리는군. 저
> 런저런.
> 처 : 누구네 밸까요?
> 윤첨지 : 복조 배겠지. 배다리에다가 댈랴고 하다가 또
> 밀려갔군 옳지. 댔다. 줄을 던졌어. 내리는군.

바다를 내려다보며 나누는 두 사람의 대화는 관객에게 긴박한 상황을 전달한다. 극적 효과를 살리기 위해 함세덕은 '담장 넘어 보기'[6]라는 공연기법을 활용하였다. 윤첨지의 목격담을 통해, 험한 바다에서 살아 돌아온 한 척의 배가 항구에 닿기까지 겪고 있는 아슬아슬한 상황을 관객들이 실감나게 느낄 수가 있게 된다. 배가 들어오는 항구로 극중 장소를 이동하지 않고도 긴박한 상황을 제대로 형상화 하는 묘를 얻은 것이다.

비가시적 공간인 바다를 무대로 끌어 들이는 또 하나의 극적 장치가 토담 길이다. 노어부의 "토담을 돌아 행길 우편에 언덕기슭이 행길까지 내려와 있고 좁은 산길"과 연결된 이 길은 마을과 항구를 연결시켜주는 통로 역할을 한다. 마을 사람들이나 어부들이 마을과 항구를 오갈 때 골목길을 거쳐서 지나가기 때문에 극의 전개에 필요한 정보를 자연스럽게 노어부의 집에 전하고 가게 된다. 함세덕은 토담 길을 지나는 사람들을 활용하여 항구와 마을이라는 비가시적 공간을 극중 공간으로 전환 시켰다. 이러한 극적 기법을 '보고자의 보고'[7]라 한다. 예를 들어, 항구에서 마을로 가던 윤첨지는 배 열 두 척이 아직 돌아오지 못하고 있다는 사실과 석이 아버지가 추어탕집에서 술을 마시고 있다는 사실을 전해주고, 지나가던 동리아이는 석이의 큰 누나가 살고 있는 마을에 홍수가 나서 난리가 났다는 소식을 전해주는 것이다. 이처럼 복조의 집을 돌아가는 토담 길은 무대에 보여줄 수 없는 비가시적 공간에 대한 정보를 관객에게 제공하는 데 유용하게 사용되고 있다.

보고자의 보고가 성공적으로 구사된 곳은 복조의 죽음을 알리는 부분이다. 복조의 인도를 받던 배에 탔던 어부들 중에서 겨우 목숨을 구해온 젊은 어부와 강원도 어부가 그들이 겪은 바를 전하는 것이다.

> 젊은 어부 : 산떼미 같은 물결이 시꺼멓게 몰려와서 뱃전을 내리치자 사방에서 여기로 저기로 발닥발닥 뒤집히기 시작했어요.
>
> 강원도 어부 : 배에 물만 안 들어와도 괜찮았을 텐데. 퍼낼 수 없이 넘어들어오니.
>
> 젊은 어부 : 그러자 옆을 보니 뒤집힌 배밑 양전을 붙들고 느티나뭇집 할어버지하고 복조하고 발을 올려놀랴다가는 미끄러지고 미끄러지고 합디다. 한참들 그러드니 나중엔 지쳐서 단념을 했는지 물끄러미 얼굴들만 보고 있겠지요.

두 사람의 목격담에서, 관객들은 폭풍우 치는 바다에서 죽음을 맞은 복조를 생생하게 느낄 수가 있게 된다. 암흑의 바다에서 비바람이 몰아치고 있고, 배가 난파한 가운데 살아남기 위해 악을 쓰며 배를 기어오르는 복조의 모습을 누구나 쉽게 떠올릴 수가 있는 것이다. 무대에서 이러한 광경을 직접 재현하기란 불가능한 일이지만, 함세덕이 택한 보고자의 보고는 관객들이 목격하는 것에 버금가는 효과를 얻고 있다. <산허구리>의 무대에서 가시적 공간은 노어부의 토막 한 채밖에 없지만, 함세덕은 다양한 극작 기법을 활용하여 극중 공간을 확장하여 극의 현실감을 높이는 데 성공하였다.

2) 식민지조선 어머니상의 형상화

<산허구리>에 등장하는 인물들 중에서 형상화가 가장 돋보이는 인물이 석이 어머니이다. 큰 아들을 바다에서 잃고 난 이후에 둘째 아들 복조에게 의지해 살아가고 있는 석이 어머니는 그 이전의 한국극에서는 볼 수 없는 강한 개성을 가지고 있다. <산허구리> 이전의 극작품에서 어머니의 존재가 이처럼 비중 높은 것도 많지 않을 뿐 아니라, 자식을 위해 모든 것을 희생하는 모정을 지닌 유형적 어머니의 모습이 대부분이었다. 함세덕이 그린 석이 어머니는 그렇지 않다. 그녀는 살얼음 딛듯 살아가고 있는 지금 현재의 삶을 지키기 위해서라면 어떤 욕도 먹을 각오가 되어 있는 사람이다. 그녀가 지켜야 할 현실은 복조의 안녕이다. 형의 사망 이후에 집안의 실질적 가장이 된 복조가 식구 모두의 희망이기 때문이다. 함세덕이 극단의 궁핍 속에 놓인 식민지 조선 어머니의 모습을 생생하게 그려낸 점은 높이 평가 받아야 한다.

극에 처음 등장하는 석이 어머니의 모습은 무척이나 심술궂

게 보인다. 빗소리가 듣기 싫다며 추녀 끝에 옹배기를 치우라고 소리 지르고, 열심히 조개를 까고 있는 복실에게는 "밥만 한 사발씩 엥겨잡고 방구만 퉁퉁 꿨지, 손톱 하나 *까딱*" 하지 않는다면서 구박을 한다. 추운 날씨 때문에 "개펄 속에서 정강이가 그대로 빳빳치 굳"어 가는 고통 속에서도 조개를 잡아 돌아온 막내아들 석이를 본척만척한다. 석이가 섭섭한 마음을 드러내어도 그녀는 아랑곳하지 않는다. 석이 어머니의 이러한 행동으로만 보면 혹시 계모가 아닌가 의심할 만도 하다. 그러나 석이 어머니의 이상한 행동은 비바람이 몰아치고 있는 바다에 나가 있는 복조의 안위를 걱정하기 때문이라는 사실이 곧 밝혀진다. 그녀는 "큰오빠 죽은 뒤로는 바람만 불어도 갈매기만 안 울어도 작은오빠 죽었다고 물가를 웨치고" 다니는 병에 걸렸다. 오늘 날씨가 큰 아들이 죽던 날과 너무나 흡사하기 때문에 너욱 불안한 깃이다. 불안에 삐진 어머니를 보다 못하여, 복실이는 "지난 일을 끄집어내서 우시고우시고 하시면 산허구리에 고기 잡어 먹고 살 사람 있겠어요."라며 말려보지만 아무런 소용이 없다. 지금은 오직 복조만이 그녀의 전부인 것이다.

아들의 안위를 걱정하는 석이 어머니의 모습이 인상적인 것은 극단에서 극단으로 오가는 그녀의 행동 때문이다. "하나님도 설마 복조마저야 안 잡어가시겠지."라며 자위하다가 곧바로 아들이 죽어서 "지금쯤은 몸뚱이 벌써 죄다 파먹히고 바지

저고리만 어느 바위틈에" 처박혀 있을 거라며 몸서리를 친다. 바다를 바라보며 무력하게 기다려야 하는 자신의 처지를 견디기 어려워 "차라리 죽었다면 잠이나 한잠" 자겠다, "돈 안디리고 깨끗이 장사 잘 지냈다"는 식의 마음에도 없는 말을 내뱉기도 한다. 그러나 "별안간 또 불길한 예감에 놀라 두 손으로 얼굴을 푹 가리고 몸서리를 치"는 모습에서 그녀의 말과 행동이 불안감을 잊어보려는 마음에서 나온 역설적 표현임을 알 수가 있다. 석이 어머니의 불안한 말과 행동은 관객에게 노어부 집안의 불행을 예감하게 만들어 극의 비극성을 강화하고 있다.

복조의 생사 여부를 알고 싶어 안달하던 석이 어머니는 마지막 배 한 척이 항구에 돌아오자 당연히 복조의 배로 여기면서 스스로를 위로한다. 그렇지만 복조가 바다에서 죽고 말았다는 사실을 듣고는 넋이 빠져버린다. 큰아들이 죽은 것도, 사위가 죽은 것도, 그리고 남편이 상어에게 물려 다리를 잃어버린 것도 모두 자신의 죄 때문이라 여기고 있었던 탓에 그 충격이 너무나 컸던 것이다. 넋이 나간 상태에서도 복조를 양지바른 쪽에 묻어주겠다며 괭이를 들고 나서던 석이 어머니가 막상 뭍으로 밀려 온 아들의 시신을 받아들이지 않는다. 파도에 밀리면서 바위틈에 끼여 시신이 훼손되었는데, 복조가 그렇게 처참하게 죽었다는 사실을 믿으려 하지 않기 때문이다.

처 : 내가 맑은 물 떠놓고 수신께 빌었거던. 이것은 우
　　　리 복조가 아니야. 내 정성을 봐서라도 이렇게 전
　　　신을 파먹히게 안 했을꺼야. 지금쯤은 너구리섬 동
　　　녘에 있는 시퍼런 깊은 물속에, 참 거기는 미역냄
　　　새가 향기롭지. 그리고 백옥 같은 모래가 깔렸지.
　　　거기서 팔다리 쭉― 뻗고 눈 감았을꺼야. 나는 지
　　　금 눈에 완연히 보이는걸. 복조 배 우이로 무지개
　　　빛 같은 고기가 숙― 지나갔어. (눈앞에 보이는 환
　　　영을 물리치는 듯이 손으로 앞을 가리며) 눈 감은
　　　얼굴이 너무도 쓸쓸하군. 이렇―게 (시늉을 하며)
　　　원망스러운 얼굴이야. 불만스러운 얼굴이야. 다무
　　　른 입이 너무도 쓸쓸해 (間. 울음소리) 통창으로 가
　　　야지. 서남풍이 자고, 동풍이 불면 나를 만나러 올
　　　지도 몰라. 아니야 꼭 올거야. 저녁물 아니면 내일
　　　아침물 그도 아니면 모레 아침물. 산수자리를 골라
　　　놓고 동쪽을 보고 기대려야지. (일동을 보고 픽―
　　　웃으며) 뭣 때문에 울어들?

　　간절하게 복조의 무사귀환을 빌었지만 허사가 되어버린 현
실을 거부할 수는 없지만, 아들의 시신이 훼손되어버린 상황
은 결코 받아들일 수가 없다. 바다를 호령하던 아들이 그렇게
처참한 모습으로 죽어서는 안 된다는 것이다. "물에서 자라서
물에서 살다 물에서 죽"은 사나이로 기억하고 싶은 까닭이다.

미역 냄새가 향기로운 바다 속에서 누워 무지개 빛깔 물고기들의 보살핌을 받고 있기를 그녀는 애써 믿으려 한다. 아들의 시체를 앞에 두고도 애써 외면하고 있는 석이 어머니의 외골수적인 집착은 극의 비극성을 최고조로 끌어올리고 있다. 절대적 궁핍 속에서도 희망을 건져보려 애쓰다가 좌절한 석이 어머니의 모습은 1930년대 식민지조선의 관객들이 지니고 있던 절망을 다시 한 번 일깨우기에 부족함이 없다.

1.3. 사실적 재현과 검열의 충돌

일제강점기의 연극검열은 1907년에 만든 보안법에 의거해서 시행되었다. 연극 공연은 다수 대중을 상대로 하고 있기 때문에 치안유지 차원에서 경찰이 검열을 할 수 있다는 것이다. 검열은 세 단계에 걸쳐 이루어졌다. 첫 번째가 희곡으로 잡지 및 신문에 게재될 때이다. 일제가 만든 출판법에 적합한지 여부를 판단하여 부분적으로 삭제를 가하거나, 많은 부분에서 부적절하다는 판단이 내릴 경우에는 전문 삭제도 서슴지 않았다. 두 번째는 연극 공연을 위하여 대본 심사를 받는 과정이다. 검열을 통과하여 게재된 희곡이라 하여도 공연을 위해서는 별도의 심사를 받아야 했는데, 동일 작품이라 하여도 상황에 따라 통과 여부가 달라지기도 했다. 공연 심사의 기준이 담당 경찰관의 자의적 판단이 가능한 풍속괴란(風俗壞亂)과 안녕질서방해(安寧秩序妨害)였기 때문이다. 세 번째 검열은 공연 현장에서 실시되었다. 임석경찰이 검열대본과 실제 공연이 차이가 있는지를 검사하는 것인데, 공연 현장의 분위기를 감시하는 것도 중요한 임무였다. 공연이 검열대본과 차이가 발생할 경우 임석경찰은 공연을 중지 시킬 권한을 가지고 있어서 일제강점기 연극담당자들은 그들의 비위를 건드리지 않으려 무진애를 써야 했다.

공연담당자의 입장에서는 검열을 통과하지 못하면 극단의 존립마저 위태로워질 수 있다. 일제강점기에 활동한 극단들이 대부분 영세하였으므로 공연수입이 없어지면 더 이상 활동하기가 어려워지기 때문이다. 특히 공연 중인 작품이 검열에 걸려 막을 내려야 하는 경우가 발생하면 엄청난 손실로 인하여 극단의 재기가 불가능할 정도였다. 이러한 상황에서 함세덕이 발표한 <산허구리>는 검열이 허용할 수 있는 한계를 정확하게 파악하여야 했다. 그는 노어부의 가족을 대상으로 하여 그들이 겪는 궁핍과 좌절을 재현해 보이는 방식을 택하였다. 자연주의극은 현실에 있음직한 사실성을 바탕으로 한다. <산허구리>에 등장한 노어부 가족의 삶을 객관적으로 재현하고 있으므로, 검열관이 그들의 삶 자체를 문제 삼기는 어렵다. 무대 상에 사실적으로 재현되는 절대적 궁핍의 현장을 목격하는 것만으로도 식민지조선 관객들의 공분을 얻어낼 수 있겠지만,

관객들의 그러한 반응이 개별적인 것으로 끝나버린다면 큰 의미를 남기기가 어렵다. 함세덕은 사실적인 재현에 자신의 주장을 넣어 관객들의 반응을 하나의 방향으로 끌어가고자 했다. 함세덕의 주장은 극의 마지막에 등장하는 석이의 다짐에 담겨 있다. 열심히 살아보려 노력하는데도 불구하고 고통을 벗어나지 못하는 원인이 어디에 있는지를 알아보겠다는 다짐은 관객에게 그 점을 생각해보라는 함세덕의 주문이다.

식민지조선의 궁핍한 상황을 사실적으로 재현하다가 극의 마지막에 작가의 주장을 섞어 넣는 방법은 유치진이 즐겨 쓰던 방식이었다. 함세덕과 유치진의 영향 관계를 짐작할 수 있는 부분이다. 유치진은 연극의 효용성을 "인생생활의 미묘한 短編을 끄어서 무대우에 재현시켜 그 재현적 미로써 우리를 '미소시키면서도' 한편으로 그 미 속에서 우리의 나아갈 바 한 줄기의 '교훈'을 암시하는 것"[8]이라고 설명하였다. <토막>이 그러한 연극관을 반영한 좋은 예에 해당한다. 명서는 가난을 벗어날 수 있는 희망을 일본에 가 있는 아들 명수에게 걸고 있다. 오매불망 명수의 귀향을 기다리고 있지만, 결국 그들에게 돌아온 것은 명수의 유골이었다. 명수가 일본에서 노동운동에 가담하였다가 경찰에 잡혀가서 죽게 된 것이다. 그의 죽음의 의미를 여동생인 금녀가 다음과 같이 설명한다.

금녀 : (가엾슨 母를 안고) 걱정마세요. 어머니! 이러시

다가 병이나 나시면 엇대요. 설사 옵바가 감옥에
서 주거 나오신대도 조금도 서러할 것은 업서요.
데이려 우리의 자랑이애요. 옵바는 우리의 이 토
막을 위하야 온 세계의 토막 속에서 굼주리고 잇
는 불상한 사람을 위하야 싸웟담니다. 옵바는 이
나라의 용감한 청년의 한사람이람니다. 어머니
이 우에 더 번듯한 일이 잇슬까요. 이 토막에서
자란 옵바는 결코 이 토막을 닛지 안흘겁니다.

오빠의 죽음이 슬픈 일이긴 하지만, 값진 의미를 가지는 것
임을 그녀는 확신에 차서 말하고 있다. 금녀의 의연한 자세에
감동을 받은 아버지 명서는 "금녀야. 우리의게는 새로운 힘이
필요하다. 새로운 힘! 나나 너가튼 병든 몸에서는 구할 수 업
는 새로운 힘이."라고 말하며 용기를 얻는다. 이를 통하여 명
서 집안 식구들처럼 어려운 상황에 빠져 있나하너라도 결코
좌절하지 말고 다시 일어서자는 마음을 전달하려는 유치진의
의도는 명확해진다.

문제는 금녀가 별다른 교육을 받지 못한 불구의 여성인물로
설정되어 있다는 사실이다. 이러한 금녀의 인물 설정은 극도
의 궁핍에 시달리는 명서의 형편에는 아주 적합하지만, 그녀
가 어떻게 세상의 이치를 꿰뚫어보는 판단력을 가지게 되었는
지는 말하지 못한다. 금녀의 이야기는 유치진의 의도가 금녀
의 입을 빌어 극에 직접 등장한 것으로 보아야 한다. 검열 때문

에 무대에 직접 등장 시킬 수 없는 상황을 억지로라도 극에 담아보려는 유치진의 의도에서 발생한 필연적 모순이라 하겠다.

함세덕의 의도 역시 유치진과 다르지 않다. 그러나 석이의 인물 형상에서는 그러한 주장이 충분히 설득력을 가질 수 있기 때문에 유치진에 비해 작가의 의도성이 크게 부각되지는 않는다. <산허구리>에서 석이는 나이에 비해 의젓한 모습으로 나타나며, 어촌마을이 겪고 있는 가난의 구조적 모순을 어느 정도는 알고 있는 인물이다. 그가 궁핍의 원인을 계속 해서 따져보겠다는 다짐은 충분히 설득력을 가지는 것이다. 그럼에도 불구하고 석이의 이러한 발언은 <산허구리>를 공연 불가능한 작품으로 만들어 버린다. 이미 사회적 환경이 <토막> 정도의 공연이 가능했던 상황보다 월등히 악화되어가고 있었기 때문이다. 1933년에 <토막>과 <버드나무 선 동리의 풍경>을 공연했던 유치진은 그 이후 주춤거리기 시작하고, 1935년에 이른바 '소사건'을 계기로 하여 사실적인 재현의 무대를 포기하기에 이른다. 그는 "<토막> <소> 등에서 참담하고 어두운 우리의 역사적 현실을 정면에서 파고드는 작업에 지"[9]쳤다고 했다. 유치진이 검열과의 싸움을 포기하고 떠난 자리에 같은 경향의 작품 <산허구리>를 들고 함세덕이 나타난 것이다.

그는 어려운 상황 속에서 용기를 내어 검열에 도전하였지만 현실의 벽은 높았다. 검열에 걸릴 것이 분명한 그의 작품을 공연해 줄 단체는 없었다. 함세덕은 본의 아닌 칩거의 길을 택할 수밖에 없었다. 그의 표현대로 "싹트자 서리를 맞는 격"이 되어버린 것이다. 그가 다시 연극계에 돌아온 계기는 1939년에 유치진의 연출로 <도념>이 동아일보사가 주최한 제2회 연극 경연대회에 참가하면서이다. <산허구리> 이후 3년 정도의 시간은 그에게 현실과 연극 공연의 관계에 대해 많은 점들을 생각하게 만든 것 같다. 자연주의극 <산허구리>와 대중극 <도념>의 거리가 너무 먼 까닭이다. 그는 <도념>과 같은 계열의 작품 <해연>을 조선일보의 신춘문예에 투고함으로써 그의 길이 달라졌음을 분명히 했다.[10] 함세덕은 공연되지 못하는 <산허구리>보다는 공연이 될 수 있는 작품을 택한 것이다. 1940년 들어 국민연극이 급격하게 대두되고 있는 시점에서도 함세덕은 『조광』에 발표한 「우리 극단 타개책」에서 공연 우선의 입장을 선언한다.

허다한 불평과 욕망을 토설하지만 필경 그것은 과부 손에서 행랑살이로 자라난 자식이 애꾸진 제 어미를 졸르는 것과 같아 결과는 무득 밖에 아무 것도 없지 않은가. 미인을 보고 연애를 하고 싶어 하는 것보다 그와 비등치도 못할망정 제 안해를 사랑할, 체념에 가까운 마음을 우리는 가져야겠다. 현재의 사회가 허용하는 환경 속에서 최대의 성과를 내도록 노력하는 것이 최선인 듯하다.

식민지조선의 작가들이 이상으로 삼고 있지만 현실적으로 공연 불가능한 작품(미인)보다는 모자라더라도 공연이 가능한 작품(아내)을 택한 것이다. 당대 사회가 허용하는 환경 속에서 최대의 성과를 내고자 하는 그의 마음은 이해가 되지만, 최소한의 공연 환경을 허용해주는 주체가 식민지 지배자인 일제라는 점을 간과한 점은 아쉬운 점이다. 그러나 당대 검열 하에서도 공연이 가능한 작품을 하겠다는 그의 결단이 "체념에 가까운 마음"으로 이루어졌다는 것을 주목할 필요가 있겠다. 그가 모든 것을 포기한 것이 아니라는 사실, 그렇기 때문에 이후 상당 기간 동안 그가 이상적인 작품과 현실적인 작품 사이에서 갈등하게 될 것이라는 점을 알게 해주기 때문이다.

2. 슬픔의 정조와 대중극

2.1. 〈동승〉에서 대중극적 자질의 활용

1) 피해자형 주동인물

함세덕 희곡세계의 내적 흐름을 제대로 이해하기 위해서는, '대중극적 성격'에 관심을 가질 필요가 있다. 연극은 흥행예술이기 때문에 모든 작품이 정도의 차이는 있을지라도 대중극적 요소들을 가지고 있다. 대중성[11]이 강한 작품은 그렇지 않은 작품에 비해 관객을 극장으로 끌어들이기에 상대적으로 유리할 것이며, 유치진의 「극예술연구회」를 누르고 1930년대 연극계를 지배했던 상업적 신파극단의 생존 전략에서도 그 점은 확인된다. 그럼에도 불구하고 계몽·선전극의 성향이 강했던 일제강점기의 본격 연극에서는 대중성을 취하는 것에 강한 거부감을 드러내었으며, 대중극은 상업적 신파극단의 전유물로 여기며 외면하려 했다. 그런 까닭에 함세덕의 <동승>에 나타나는 대중극적 특성은 각별한 의미를 가지는 것이다.

브레히트는 극장을 도덕적 교실로 만들고자 하였으며, 그러한 시도가 성공하기 위해서는 기왕의 연극에서 중요시하는 관객의 감정이입을 차단하고자 했다.[12] 연극을 관람하는 관객이 감정에 휩싸이기보다는 냉철하게 무대 위를 바라보고 판단해 주기를 바랐던 그의 의도는 서사극으로 구체화 되었다. 브레히트의 그러한 견해는 1920년대 독일 연극의 혼란상 속에서 형성된 것이지만, 아리스토텔레스적 연극에서 발생하는 감정이입 현상이 관객들로 하여금 극중 세계에 대한 판단을 흐리게 만든다는 지적은 정확한 것이다. 극중 인물을 통하여 감정이입이 이루어진 관객(독자)들은 그 인물을 따라 함께 움직이게 되므로, 이미 주어진 작품 세계에 대해 별다른 의문을 제시하지 않게 된다. 즉, 연극의 감정이입은 관객으로 하여금 극중 세계를 의심 없이 받아들이게 하는 효과가 있으므로, 작가가 그것을 의식적으로 이용하는 경우 관객들의 감정을 조절하기가 그만큼 쉬워지는 것이다.

그러므로 상업성이 강한 대중문학이나 대중극의 경우에는 감정이입을 대중성 획득을 위한 기본적 기제로 사용하는 것이다. 독자 혹은 관객의 감정이입은 대개 주동인물(protagonist)에 자신의 감정을 대입시킴으로써 일어나는 경우가 대부분이며, 그들이 선호하는 인물형일수록 감정이입은 보다 쉽게 이루어진다. 대중문학이나 대중극의 주인공이 "힘이 세고, 용감하며, 여자 복이 많고, 머리가 비상하며 항상 정의에 서는 인물"[13]로 나타나는 까닭도 그 때문이다. 함세덕 역시 감정이입에 의한 효과를 적절하게 활용하고 있는데, 잘생기고 용감한 인물이 아니라 관객의 동정을 유발하는 '피해자형'의 인물을 주동인 물로 설정하여 그 효과를 극대화하려 했다. 피해자형 인물은 관객에게서 동정의 대상이 되며, 거기에서 생성되는 연민이 관객으로 하여금 그 인물에 쉽게 감정이입하게 만든다. 일제 의 발악적 통치정책에 시달리던 식민지 관객의 보편적 정서로 서는 긍정적 인물보다 피해자형 인물에 더 강한 일치감을 느 꼈을 것이다.

함세덕이 설정해 놓은 도념의 모습은 관객들이 동정하지 않 으려 해도 하지 않을 수 없을 정도이다. 수행을 하던 젊은 여 승과 사냥꾼의 언정에서 생겨난 사생아라는 태생적 환경도 그 렇고, 부모에게 거두어지지 못하고 절간에 버림받은 처지, 어 머니의 거처를 주변에서는 알고 있으나 도념에게는 알려주지 않는 안타까운 사실 등등은 관객의 동정을 유발하기에 충분한 조건이다.

함세덕은 도념에게 주어진 환경 조건에 덧붙여 그를 주변의 몰지각함에 상처받는 피해자로 설정함으로써 관객이 도념으로 부터 떠나지 못하도록 붙잡고 있다. 여기서 눈여겨보아야 할 것은 <동승>의 주동인물인 도념에게 극중 사건을 이끌어 가는 인물로서의 기능이 주어져 있지 않다는 점이다. 양자 삼겠다는 이야기를 미망인이 꺼내지 않았다면 도념은 어머니를 그리워하면서 다른 날과 똑같은 하루를 보내었을 것이지만, 미망인 때문에 뜻밖의 상황에 휘말리게 되어 회복할 수 없는 상처를 입은 셈이다. 자신의 의지대로 목표를 향해 달려가다가 좌절한 것이 아니라, 의외의 행운에 잔뜩 부풀어 있다가, 의외의 사건으로 좌절하고 말기 때문에 도념이 겪는 고통은 더 크게 보인다.

관객이 도념을 동정하고, 그를 심정적으로 지지하도록 의도하는 함세덕의 전략은 세상의 이치를 알만한 나이인 열네 살 소년이, 천진무구(天眞無垢)한 어린아이처럼 그려진 것에서도 찾을 수 있다. 그 연배에서는 찾아 볼 수 없는 순진성을 도념에게 부여함으로써 그의 고통이 '결함 없는 인물의 운명적 고난'인 것처럼 보이게 만들어 관객의 동정심을 배가시키고 있다.

> 초부, 도념을 나무에 세우고 머리우에 세치쯤 간격을 두고 도끼를 들어 금(線)을 긋는다.
> 도념 : (발돋음을 하며) 이거 너무 높지 않어요? 작년 봄에 그은 금은, 두치 밖에 안됐어요.
> 초부 : 높은 게 뭐니? (후략)
> 도념 : 눈이 오나, 비가 오나, 하루 안빠지구, 아침이면 키를 재봤어요. 그은 금까지 키는 다ー 자랐어두, 어머니는 안 오시든데요 뭐?

도념의 이러한 모습에는 어머니의 얼굴도 모른 채 절에서 교육받으며 성장해 온 소년의 가슴 아픈 성숙이 전혀 보이지 않는다. 대여섯 살 정도의 나이면 몰라도 열네 살의 소년이, 그것도 어머니에 대한 그리움 하나로 살아가는 소년이 초부의 현실성 없는 이야기를 수긍한다는 것은 상식적으로 납득이 가지 않는 일이다. 그렇지만 어머니의 부재로 인해 영악하게 자라난 소년보다는 순박한 도념이 관객에게 동정의 대상으로 쉽게 받아들여진다는 점을 고려하여야 한다. 함세덕의 의도적 설정인 것이다. 도념을 받아들인 관객들은 도념의 입장에 서게 되므로, 어머니를 그리워하는 사소한 이야기도 강한 의미망을 형성하게 되는 것이다.

주지와 미망인이 도념의 처지에 대해 깊이 있게 고뇌하고 갈등하는 인물 형상으로 나타나지 않는 것도, 도념의 처지를 더욱 애닯프게 만드는 기세로 그들을 활용하려는 함세덕의 진략으로 이해하여야 한다. 고덕(高德)하신 스님으로 소개되는 주지이지만 극중 행동만으로 본다면 저자거리의 인물과 별로 다를 바 없다. 도념과 초부를 대하는 억압적 태도와 미망인을 대하는 지극한 태도의 차이에서 이미 불성 깊은 인물로는 보이지 않기 때문이다. 그러므로 주지로서의 인물 형상화에는 실패라고 볼 수도 있겠지만, 도념에 대한 반동인물(antagonist)로서의 기능적 관점에서는 성공적인 인물이다.

주지 : 저는 다—만 번뇌의 기반에서 도념이를 미연(未
然)이 막기 위해 이러는 겁니다. 한번 발을 내려
놓구 다시 생각하면, 그때는 버얼써 제 자신이
얼마나 깊은 구렁에서 헤매구 있다는 것을 발견
할 것입니다. 미처 발을 뺄 수가 없이 전신이 죄
구렁에로 휩쓸려 들어가거든요. 저두 속세에서
발을 끊구 불문에 귀의할 때 까지는, 이만저만한
수업과 고행(苦行)을 쌓은게 아닙니다. 제가 당해
보구 하는 것이니, 자꾸 조르지 말어 주십시오.

이러한 입장은 불교도로서의 깊은 성찰에서 얻어진 것이라
기보다는 개인적 경험에 의존한 것이어서 그를 아집에 가득
찬 인물로 보이게 한다. 거기에 덧붙여, "사람이 부모를 딸른
거나, 동네에 가서 살구 싶어하는 것은, 모두 번뇌 때문"이며,
"산하구 절밖에 세상을 모르구 사는 것이니까 우리들 신세야
말루 부처님께 치하"해야 한다는 식의 주장, 그리고 도념의 어
머니를 "외면사보살 내면여야차(外面似菩薩 內面如夜叉)"라 하며
용서하지 않는 주지의 태도는 종교인이라기보다는, 권위주의
적인 가부장적 삶을 맹종하는 아버지처럼 보인다. 도념을 제
대로 설득하지도 못하면서 자신의 입장만 강조하고 있기 때문
에, 마치 도저히 넘어 갈 수 없는 벽 앞에 도념이 서있는 듯한
느낌을 준다. 힘이 약한 도념이 너무나 강력한 존재 앞에서 왜
소해질 때, 더구나 억압자의 논리가 설득력이 약할 때 관객으

로부터 이끌어 낼 수 있는 연민은 점점 더 커지기 때문이다. 주지의 모습에서 전혀 불교적인 자비심을 느낄 수 없는 것 자체가 도념을 억압하는 인물로서의 기능에 충실하게 하려는 함세덕의 전략으로 이해되어야 한다.

등장인물의 구도상에서 협조자의 기능을 하는 미망인도 역시 그렇다. 미망인이 도념을 수양아들로 삼으려는 이유도 애매하고, 포기하게 되는 이유 역시 선명하지 않다. 그런 이유 때문에 "미망인의 성격은 부분적으로 일관성을 결여"[14]한 것으로 지적되기도 한다. 그런 점은 함세덕이 도념을 피해자형의 인물로 만들기 위해 미망인을 활용하는 과정에서 생겨난 결과이다. <동승>에서 사건이 발단하게 되는 것도 미망인이 무심코 던진 말 때문이다. "나두 웨 그런지, 너를 볼 쩍마다 맘이 끌렸었단다. 너 이 절 떠나서, 살구 싶지 않니?"라는 미망인의 실문은 절을 떠나고 싶어 하는 도념에게 선택의 여지기 없는 것이었다. 미망인은 머리가 아파 잠시 쉬러 나왔다가 도념을 만났을 뿐이며, 그 이전에 도념을 수양아들로 삼으려는 계획을 세운 적도 없다.[15] 그럼에도 불구하고 수양아들 삼아서 서울에 데리고 가겠다는 말을 쉽게 해버림으로써 도념을 오히려 궁지에 빠뜨리게 되는 것이다.

미망인의 도움 없이는 절이 버텨나가기 어려우므로, 미망인이 발휘할 수 있는 힘은 절대적이다. 그럼에도 불구하고 "전생의 죄"를 생각하라는 주지의 말에 미망인은 그만 포기해버린다.[16] 남편과 자식을 잃어버린, 즉 산전수전 다 겪은 미망인이라면 마땅히 가지고 있어야 할 신중함이 없다는 사실에서 극중 인물이 지녀야 할 설득력은 더욱 약화된다. 미망인의 행동에서 발견되는 이러한 애매함은 본의는 아니지만 도념에게 피해를 주는 인물로 미망인을 설정했던 함세덕의 의도에서 발생한 것이라 하여야겠다.

2) 반전 구조

<동승>에는 사회적으로 중요한 의미를 갖는 거대한 갈등이 아닌, 지극히 개인적인 차원의 갈등이 존재한다. 사회극의 갈등 양상과는 달리 도념이나 주지, 양자가 어느 집단의 이해 관계를 대변하고 있지 않기 때문에 갈등의 정도 역시 그 만큼 약하다. 얼굴조차 기억하지 못하는 어머니를 그리워하면서 속세에 나가 살 수 있기를 꿈꾸는 도념과 사문(沙門)이 되어 살면서 자신의 업보를 씻어주기를 바라는 주지 사이의 갈등은 지극히 사소한 문제인 것이다. 물론, 도념이라는 한 자연인의 입장에서는 자신의 바람이 가지는 의미가 이 세상의 무엇보다도 크고, 무거운 것일 수 있겠으나 일제강점기 사회극이 민족의 문제, 집단의 문제를 다루었던 데에 비하면 그렇다는 것이다.[17]

갈등의 정도가 약하기 때문에 <동승>의 사건 그 자체로서는 관객의 흥미를 지속시키기가 어렵다. 함세덕은 관객의 흥미를 높이기 위한 전략으로 극적 반전을 반복하는 독특한 극

짜임을 선택하였다. <동승>이 극작술의 기본을 제대로 구사한 작품임은 의심할 바 없다. 특히 도념의 신분에 대한 적절한 정보 제시, 그리고 도념에게 다가 올 시련에 대비한 복선의 설치 등은 극작술에서 요구하는 '준비'[18]로서 부족함이 없다. 정치하게 보이는 극작술의 내면에는, 작가 자신의 대중화 전략을 관철시키기 위한 '필요성'을 극짜임이 가져야 할 '필연성'[19]보다 더 강조하는 함세덕의 의도가 개입되어 있다. 즉, 사소한 부분의 인과관계를 무시하더라도 관객의 흥미를 잡아 놓기 위해 필요한 기제라면 모두 동원하여 사용한 것이다.

<동승>은 원내(院內)가 바로 보이는 산문 밖의 우물 근처가 극중장소로 고정되어 있으므로, 극이 진행되기 위해서는 필요한 등장인물이 그곳으로 나오고, 불필요한 인물은 그곳에서 빠져나가야 한다. 따라서 특정 인물이 등장하고 퇴장함에 의해 사선의 흐름이 바뀌게 되므로 의미단락이 생겨난다. 대체적으로, <동승>의 5장면까지가 발단부, 6장면에서 16장면까지가 분규부, 17장면 이후를 결말부로 본다. 극작술의 기본 원칙인 제시부→분규부→결말부의 구조에 충실함으로써 극적 전달력을 극대화하고 있는데, <동승>의 구조를 도념의 상황에서 보면 불행→행복→불행의 반전 구조라 하겠다.

반전의 큰 구조 속에 다시 더 작은 반전 구조가 내재되어 있어서 관객의 흥미를 최대한 높이고 있는데, 그 부분이 바로 분규부이다. 분규부는 도념을 수양아들로 삼으려는 미망인과

그것을 허락하지 않으려는 주지의 갈등이 고조되었다가 해소되는 과정이며, 그 사이에 반전에 반전이 거듭됨에 따라 도념의 행복과 불행이 엇바뀌면서 관객의 긴장감을 자아내게 되는 것이다. 분규부의 진행 과정을 세분화한 장면 단위[20]로 나누어 보면 아래와 같다.

순차	진행되는 장면 단위	지표
1	도념을 수양아들로 삼기로 한 미망인의 선택	+
2	주지의 강경한 반대	−
3	반년만 데리고 있게 해달라는 미망인의 부탁	+
4	주지의 반승낙	+
5	토끼잡는 현장을 들킴	−
6	초부의 변명으로 위기 넘김	+
7	인수가 비밀을 폭로함	−
8	도념을 데리고 가려는 미망인의 애원	+
9	주지의 완전한 거절	−
10	미망인의 포기	−

지표 : 도념에게 유리한 상황이면 +, 도념에게 불리한 상황이면 −

분규부는 미망인의 청원으로 시작되어 미망인의 포기로 마무리된다. 주지의 완강한 반대에 밀려 타협점을 찾기 위하여 반년만 도념을 데리고 있겠다고 양보하는 미망인의 뜻이 주지의 반허락을 얻어내는 데 성공할 때 행복이 눈앞에 온 듯하지만, 토끼 잡는 현장을 들킴으로서 도념의 처지는 급락하게 된다. 초부의 변명으로 겨우 회복 되는가 했지만, 인수의 폭로에 의해 마침내 모든 것이 사라져 버리게 된다. 상승과 하강이 한

순간에 교차되는, 즉 '급선회의 방식'은 관객에게 충격과 안타까움을 안겨 줄 수 있는 좋은 방법이다. 도념으로 보아서는 행복으로 시작해서 불행으로 마무리되는 셈인데, 도념이 미망인을 따라가지 못하게 되는 결정적인 원인이 주지의 고집 때문이 아니라, 어머니에게 드리기 위하여 준비한 토끼털 목도리 때문이어서 그의 불행을 더욱 안타깝게 만들고 있다. 함세덕의 뛰어난 극작술은 관객으로 하여금 극에 몰입되어 일희일비하게 만든다.

분규부의 다채로운 상황은 극석 필연성을 약간 훼손하더라도 관객의 흥미를 붙잡아두려는 함세덕의 의도 때문에 가능했다는 점을 잊어서는 안 된다. 극적 필연성의 손상이 가장 두드러지는 것은 첫째, 미망인과 도념의 관계 둘째, 토끼털 목도리의 존재이다. 이 두 가지는 이 극의 중요한 극적 계기가 됨에도 불구하고 필연적이지 못한 약점을 가지고 있나.

미망인과 도념의 관계부터 살펴보자. 미망인과 도념의 관계는 상당히 오랫동안 계속된 것으로 보인다. 인철이를 낳기 위하여 그 절에 기도하러 들렀을 때 미망인은 어린 도념을 본 적이 있었다. 그 후에도 미망인은 절과 계속 관계를 가진 것으로 나오지만, 도념을 만나 제대로 이야기 해 본 적이 없어서 그녀에게 도념이란 존재는 희미했다. 그런데 재 올리기 전에 수양아들 삼고 싶다는 이야기를 도념에게 흘렸다면, 언제 그런 결심을 하게 되었는지가 분명해야 하지만 지금의 상황에서는 그 점이 선명하지 않은 것이다. 물론, 현실 세계에서는 지나가는 아이를 보고도 당장에 그러한 마음을 품을 수 있지만, 극적 세계에서 애매한 전제와 암시는 극적 통일성을 훼손시키게 된다.

이어서 털목도리에 대해 알아보자. 도념은 어머니를 만나는 날 선물하기 위해 토끼털 목도리를 준비해두었으나, 그것 때문에 눈앞에 두었던 자신의 행복을 잃어버리게 된다. 어머니를 그리워하는 마음에서 비롯된 행동이 오히려 자기에게 해가 되어 돌아오도록 만든 설정은 함세덕의 빼어난 극작 솜씨를 충분히 보여준다. 그런데 이런 절묘한 상황도 따지고 보면, 필연성을 결여하고 있다. 절과 같은 통제된 공간에서 사미승 도념이 토끼를 여섯 마리나 잡아서 껍질을 벗겨 저장해 둔다는 사실은 설득력을 얻기 어려운 설정이다. 더구나 주지가 도념의 행동에 대해 늘 신경을 쓰고 있다는 사실을 전제하면 더더욱 그렇다. 정심이 "요새 모두 너하는 짓이 수상하드라"고 하지만, 도념이 뒤에 겪게 될 고난에 대한 암시일 뿐 토끼털 목도리의 존재를 제대로 설명할 수 있는 정도에는 이르지 못한다. 그보다 더욱 큰 모순은 불전에 예물 차리는 일을 맡아서 하는 '젊은 별좌'가 도념이 관세음보살의 목에 토끼털 목도리를 걸어 두고 있는 광경을 보았다는 사실이다. 절에서 일하는 그가 이런 사실을 주지에게 보고하거나, 도념을 제지하지 않았다는 설정은 더더구나 이해되지 않는다. 이것 역시 하나의

사건으로 상황을 급선회시키려는 함세덕의 필요성이 극적 필
연성을 압도하면서 생긴 결과이다.

3) 떠남의 결말

함세덕은 <동승>의 마지막을 도념이 절을 떠나는 것으로
설정하고 있으며, 도념의 떠남에 대해 여러 가지 해석이 주어
져 있다. 그러나 미망인을 따라 떠나는 것이 좌절된 이후 절을
떠나기로 결심하는 도념의 심경 변화가 극 속에 제대로 드러
나 있지 않고, 떠남의 의미를 해석할만한 동기가 작품 내에서
발견되지 않는다. <동승>의 결말은 시간상의 문제에서 어색
함이 당장 드러나는데, 도념이 사전에 치밀하게 도망을 준비
해 둔 게 아닌 이상, 미망인과 헤어져 종을 친 뒤 곧바로 고깔
을 쓰고 바랑을 걸머지고 나온다는 것은 무리가 가는 설정이
다. 함세덕이 이러한 문제를 몰랐나기보다는, 분규부에시 도념
에게 가해진 슬픔을 지속시켜 관객의 연민을 강하게 자극하면
서, 그것을 여운으로 남겨 극적 효과를 올리려는 전략에서 의
도적으로 선택한 것으로 보인다. 숱한 대중 영화의 마지막 장
면이 이별과 떠남으로 설정되는 것과 비교해보면 이해가 용이
해진다.

그 점을 분명히 하기 위해서 극의 전개를 중심 사건 단위로
요약정리 해보자.

① 도념은 어머니와 속세를 그리워하며 살아가고 있다.
② 재를 올리러 온 미망인이 도념을 수양아들로 삼고자
　한다.
③ 미망인은 완강한 주지를 설득하여 겨우 승낙을 얻어
　낸다.
④ 관세음보살 뒤에 숨겨 두었던 토끼털 목도리가 발각
　되어 떠나지 못하게 된다.
⑤ 미망인은 도념을 수양아들로 삼는 것을 포기한다.
⑥ 도념은 절을 떠난다.

　①에서 ⑤까지는 도념과 미망인 사이에 얽힌 사건의 인과관계에 의해 연결되고 있으나 ⑥은 그렇지 않음을 알 수 있다. ④에서, 관세음보살 뒤에 숨겨 둔 토끼털 목도리가 발각된 이후 도념은 미망인을 제외하고는 어느 누구의 도움도 받을 수 없는 처지가 되었다. 완강한 주지는 그렇다고 하더라도, 절의 또 다른 스님이나, 도념이 들어가 살게 될 대갓집의 식구들도 적의를 드러내고 있어서 도념은 사면초가에 처한다.

　　젊은 僧 : 해필 영혼 축원하는 불전에 살생한 재물을 바
　　　　　　쳤으니, 부처님께서 얼마나 노하셨을까?
　　친정모 : 아주 백정 행세를 하는구먼? (지팽이로 땅을
　　　　　　치며) 엥, 우리 인철이가 극락문을 들어가다
　　　　　　말구, 가시 문으로 내쫓겼겠다.

⑤는 ④의 결과가 되는데, 친정모의 거센 반대에도 불구하고 도념을 데려가려던 미망인도 자신의 죄업을 생각하라는 주지의 이야기에 포기하고 만다. 결국, 도념에게 새로운 희망을 주었던 모든 인물들이 다시 떠나 가버렸으니, 도념은 사고무친(四顧無親)의 원래 위치로 돌아오고 말았다. 어머니와 속세를 그리워하며 살아가던 처음의 도념으로 다시 돌아온 것이어서, 수양 아들 문제로 생성된 갈등이 확실하게 마무리가 된 셈이다. 미망인의 수양아들이 되어 서울의 부잣집에 가서 살 수 없게 된 점은 안타깝지만, 그것도 도념의 잘못으로 인한 것이니 누구를 탓할 수 있는 성질은 아니어서 그러한 사건의 결말은 ⑤로써 충분한 것이다.

<동승>의 이러한 구조 속에서 도념의 떠남이 극적 의미를 가지기 위해서는 극 안에서 충분한 근거가 제시되어 있어야 한다. 그러나 지금의 <동승>에서는 그러한 근거가 미약하게 나타나 있어서 도념의 떠남을 또 다른 극적 계기로 삼기에는 부족하다. "벌서 언제부터 나갈라구 별렀"다는 것만으로는 도념의 떠남을 논리적으로 설득시키지 못한다. 극의 시작 무렵의 도념과 한바탕 소동을 겪고 난 뒤의 도념 사이에는 상당한 변화가 있을 터이지만 <동승>에서는 그 점을 간과하고 있기 때문에, 도념의 떠남은 의외의 상황으로 비쳐지게 된다.

명분이 분명하지 않은 도념의 가출은 관객에게 뜻밖의 상황으로 비쳐지게 되며, 상당한 놀람을 안겨주게 된다. 도념이 절

을 떠나긴 하지만, 그의 미래에 대한 어떠한 정보도 주어지지 않기 때문에 관객 나름의 상상에 의존할 수밖에 없다. 눈앞에 두었던 행복을 놓친 데 대한 안타까움, 어머니를 만나지 못하더라도 절로 되돌아 올 수 없는 형편, 그리고 한 번도 절을 떠나 본적이 없는 도념이 험난한 세상에서 어떻게 살아갈 것인가에 대한 걱정 등등이 <동승>의 여운을 형성하게 된다.

도념의 떠남을 연민에 바탕을 둔 여운으로 연결시키려는 함세덕은 결말부의 곳곳에 의도적인 극적장치를 부가해 두었다. 초부가 들어본 중에서 가장 슬픈 저녁 종소리, 도념이 떠날 무렵에 내리는 눈, 도념이 선택한 비탈길 등이 그렇다. 그리고 어머니 드리려고 모아두었던 잣을 표주박에 담아 산문에 두고 주지에게 절을 하는 것도, 도념의 착하고 순진한 성격을 다시 한 번 강조하여 여운의 강도를 높이려는 함세덕의 전략에서 나온 것이다.

2.3. <산허구리>에서 <동승>으로

<동승>은 위에서 살펴본 것처럼 치밀하게 계산된 작가 전략이 살아 있는, 대중극적 성향이 강한 작품이다. 여승과 사냥꾼 사이의 연분(緣分), 그리고 그 사이에 난 아들이 겪는 애달픈 사연이라는 너무나 빤하여 유치해질 수 있는 이야기를 잘

매만져 한 편의 연극으로 꾸며낸 솜씨가 돋보인다. 아주 사소한 이야기를 숙련된 극작술로 다루어내는 함세덕의 전략은 작가 개인적인 측면에서뿐만 아니라, 1930년대에서 1940년대로 접어드는 시기 우리 희곡의 중요한 변화를 보여 준다는 면에서도 의미를 가진다.

함세덕의 작가적 측면에서 <동승>의 통속적 성격과 그것을 이루어내는 극작술은 일제강점하에 발표된 작품의 원형이라는 의미를 가지고 있다. 즉, <동승>을 계기로 하여 함세덕은 유치진적인 세계에서 벗어나 독자적인 작품 세계를 구축하게 된 것이다. 유치진을 비롯하여, 이광래, 이서향, 한태천, 남궁만 등의 작품은, 농민문제에 있어서는 가난 속에서 좌절해 가는 모습을, 노동자문제에서는 도시빈민들의 절망스런 일상생활을 사실적으로 다루었다.[21] 집단의 문제를 사실적으로 무대화하면서, 나름대로 의미 있는 결론을 제시히러 노력한 것이 1930년대 극예술연구회 계열 작가들의 특성이라 하겠다.

함세덕의 <산허구리>는 1930년대 극예술연구회 계열 사회극의 특징을 고스란히 안고 있는 작품이다. 서해 어느 한촌(寒村)에서 죽지 못해 살아가고 있는 어부 가족의 삶을 다루고 있으며, 그들의 삶이 궁핍해진 이유를 찾아 제시하려는 함세덕의 작가의식이 살아 있는 작품이기 때문이다. <산허구리>의 마지막 부분을 보자.

석이 : (울면서 등장) 어머니가 개에서 괭이로 물을 파
며 통곡을 하시다가는 별안간 허파가 끊어진 것
처럼 웃으며 (복실의 가슴에 안겨) 누나야 어머
니는 한세상 참말 헛사셨다. 웨 우리는 밤낮 울
고 불고 살아야 한다든?
복실 : (머리를 쓰다듬으며) 굴뚝에 연기 한 번 무럭무
럭 피여오른 적도 없었지.
석이 : (울음석낀 소래로 그러나 한마디 한마디 똑똑히)
웨 그런지를 난 생각해볼 테야 긴긴 밤 개에서
조개 잡으며 긴긴 낮 신작로 오가는 길에 생각해
볼테야.

석이와 복실의 이야기는 궁핍한 현실이 자신들의 잘못에서
생긴 것만은 아니라는 사실을 말하는 것이어서, 식민지 사회
가 안고 있는 구조적 모순에 대한 고발의 의미를 함축하고 있
다. 당대 민중의 절망스런 삶을 객관적으로 재현하면서, 극의
마지막에 문제적 발언으로 마무리하는 이런 식의 극짜임은 유
치진의 작품과 아주 비슷하다.

명서 : 금녀야. 우리에게는 새로운 힘이 필요하다. 새로
운 힘! 나나 너가튼 병든 몸에서는 구할 수 업는
새로운 힘이. (<토막>)

조부 : 애어 울지 마러라. 누가 우리 소선이를 죽엿니?
　　　　그걸 생각해봐. (<수>)

　당대 민중들이 겪고 있는 절망적인 상황을 사실적으로 보여
준 후, 극중 인물의 선언적 대사를 통해 극을 마무리하던 유치
진의 방식이 <산허구리>에 그대로 답습되고 있음을 잘 알 수
있다. 함세덕이 등장할 당시 유치진이 차지하고 있는 극계의
비중을 생각하면, 그의 영향을 크게 받고 있었다고 단정해도
무방할 것이다.[22]

　그러나 <동승>을 계기로 하여 <해연>으로 나아가면서 함
세덕의 세계는 확연히 달라지고 있다. <산허구리>의 세계는
사라지고 <동승>의 세계가 일관되게 나타나는 것이다. <동
승> 이후 광복직전까지 그가 발표한 작품 중에서 아동극을 제
외하고, 현재 확인이 가능한 것은 <해연>(1940), <낙화암>
(1940), <추석>(1940), <심원의 삽화>(1941), <무의도 기행>(1941),
<감자와 쪽제비와 여교원>(1942),[23] <추장 이사베라>(1942),
<어밀레종>(1943) 등이다. <동승>에서 시도했던 함세덕의 대
중극적 전략이 이들 작품의 근간을 이루고 있으며, 친일극에
서도 그러한 특징을 뚜렷하게 드러내고 있다.[24] 간략히 정리하
자면, 첫째 관객의 감정이입을 위하여 피해자형 인물을 활용
하고, 둘째 흥미 유발을 위하여 반전을 빈번하게 사용하며, 셋
째 여운을 남기기 위해 떠남의 결말 방식이 그것이다.

피해자형 인물을 설정하여 관객의 연민을 불러일으키는 극 작술은 이후 작품에서 <동승>에 비해 훨씬 세련된 모습으로 나타난다. 주동인물에게 가해지는 주변의 억압과 그것에 대항하기에는 너무나 힘이 약한 주동인물의 모습이 슬픔을 불러일으킨다. <해연>에서 이루어지지 못할 사랑에 고통 받는 진숙과 세진, <무의도 기행>에서 부모의 강요를 거절하지 못하고 배를 타게 되는 천명의 삶이 바로 대표적이다. 친일극인 <추장 이사베라>에서 막내아들 요셉을 죽여야 했던 이사베라, 그리고 사랑을 위해 자신의 얼굴을 화저(火箸)로 상처 내는 공주와 상처 입은 공주를 위해 자신의 눈을 멀게 하는 미추홀(《어밀레종》)의 관계도 관객의 연민을 불러일으키려는 작가 전략이 생성시킨 대중극적 기제이다. 관객들은 주동인물에 대한 연민으로 그들에게 감정을 이입하게 되고, 그 이후에는 함세덕이 이끄는 바에 따라 극중 세계에 무비판적으로 몰입하게 되는 것이다.

반전의 구조도 여전하게 나타나는데 급선회의 효과를 함세덕이 즐기고 있는 듯한 인상마저 받게 된다. 약혼이 성사될 순간에 이복남매라는 사실이 밝혀져 사랑이 이루어질 수 없게 된 <해연>, 사고를 예감하고 배를 타지 않으려 어머니에게 구원을 요청했으나 믿었던 어머니마저 천명에게 배 탈 것을 권하는 <무의도 기행>, "다른 집 자식은 잘 가르친다는 년이, 어째서 제 자식 하나 못 가르치는거야"라는 시어머니의 말에 태도를 바꿔 일우의 교육을 위해 자신이 학교를 그만 두는 계영(《심원의 삽화》) 등이 그 예라 하겠다. <어밀레종>에서는 거듭된 반전 효과를 노리고 있으며,[25] 지나치게 반복되어 극의 질서를 깨뜨리는 상황에까지 이르고 있다.

여운을 남기려는 의도가 깔린 떠남의 결말 처리 방식도 그렇다. <해연>의 마지막은 진숙을 사랑하던 세진이 식구들과 함께 항구로 돌아가고, 제비떼는 강남으로 돌아가는 것으로 나타나 있다. <추석>에서 만표는 아버지와 동생의 오해를 풀지 못하고 돈만 남긴 채 집을 떠나며, <무의도 기행>에서 천명은 피할 수 없는 절박한 상황에 몰려 바다로 떠나간다. 이러한 결말 방식은 <동승>만큼 비논리적이지는 않으면서, 관객에게 짙은 여운을 남기기에 충분한 수준에 이르고 있어서 마치 함세덕의 장기가 되어버린 것 같은 느낌을 준다. 친일극인 <어밀레종>의 결말은 일본을 새로운 희망의 내안으로 제시하려 했기 때문에 함세덕의 일반적 특징과는 다른 정서를 가지고 있으나, 공주와 미추홀이 일본으로 떠나는 설정으로 마무리되고 있다는 점에서는 동일하다. 결말의 슬픔이 남기는 여운이, 희망이 남기는 여운으로 바뀜으로써 일제의 정책을 옹호하는 극으로 탈바꿈이 된다.

일제강점하 1940년대 작품의 이러한 점은 함세덕 희곡세계의 새로운 출발을 알리는 위치에 <동승>이 서있다는 사실을 분명히 알려주고 있다. <동승>에서 함세덕이 취한 대중극적 전략은 그 후 훨씬 세련된 모습으로 나타나며, 집단적 차원의 소재가 아니라 개인적 차원의 소재를 아기자기하게 다루어 나가고 있다. <심원의 삽화>처럼 한 집안의 가정사를 시시콜콜하게 다룬 것도 있으며, 궁핍한 어민들의 생활이 드러나 있는 <무의도 기행>조차 천명의 아버지가 가지는 욕심이 지나치게 부각되어 가족사(家族事)의 범위를 벗어나기 어렵다. <낙화암>이나 <어밀레종>의 경우도 개인의 입장이 크게 강조되어 있어서 이러한 경향에서 크게 다르지 않다. 역사적 사실을 소재로 하고 있지만, 역사극으로서 지녀야 할 역사의식이 결여되어, 륭(隆)이나 미추홀의 개인적 고뇌로 한정되어버린 작품이다. 그러므로 <동승>은 그 이후 모든 작품의 모형이 되는 작품이며, 함세덕이라는 걸출한 '본격적 대중극작가'의 탄생을 알리는 작품으로서의 의미를 가지는 것이다.

2.4. <동승>의 작가적 의미

<동승>의 대중극적 성격과 그것을 드러내는 극작술의 정치함은 함세덕을 본격적 대중극작가로 불러도 손색이 없게 한다. 본격적 대중극작가라는 수식어는 함세덕이 1930년대 상업적 신파극 작가보다는 한 차원 높은 위치의 작품을 생산한 작가라는 뜻이다. 1930년대 상업적 신파극단의 작품들은 관객의

기호에 영합하기 위하여 과장과 왜곡을 근본으로 하는 저차원적인 대중극의 모습을 지녔다. 그러한 작품들은 대중들의 인기를 끌기는 하였으나, 연극 자체의 완성도 측면에서는 대다수의 작품이 문제를 안고 있어서 대중극의 제대로 된 모습을 찾기에는 무리한 것들이다.

그러한 흐름 속에서 함세덕의 <동승>은 우리 희곡사와 연극사에 대중극다운 대중극이 등장했으며, '잘 짜인 극'(well-made play)의 가능성을 엿보게 한다는 의미를 갖는다. 함세덕이 <산허구리>를 발표한 당시는 일제강점기 연극의 대표적 갈래인 사회극(social drama)이 쇠퇴·소멸의 단계로 접어들기 시작한 무렵이다. 「극예술연구회」의 변화와 KAPF와 관련된 연극단체의 해체 등 일제가 우리 연극에 가한 탄압으로 인해 사회극은 설 자리를 잃어버리고 잠복기에 들어가게 된다. 검열이 강화되어 사회극이 자취를 감추는 시절에 연극활동을 시작한, 그의 표현대로 "싹트자 서리를 맞는 격"(『동승』)이 되어버린 그로서는 <산허구리>의 세계를 계속해나갈 수가 없었을 것이며, 새로운 방향을 모색해야만 했다. 그러나 1940년대의 억압 앞에 놓인 그에게 선택의 길은 달리 없었다.

극예술연구회 계열 사회극의 색채가 짙게 밴 <산허구리>에서 그가 새롭게 선택해서 나아가야 했던 길은 연극에서 사회적 집단의 문제를 거세하여 "야만적 검열망"을 통과하는 것이었으며, 그것을 극작술로 아기자기하게 포장함으로써 관객들이 연극적 재미를 잃지 않도록 하는 것뿐이었을 것이다. KAPF 계열 극작가들이나 극예술연구회 계열의 극작가들처럼 나름대로 추구할 방향에 대해 함께 고민하고, 실천해 나갈 터전을 잃어버린 함세덕으로서는 관객의 호응에 기대를 걸 수밖에 없었으리라. 1930년대 중반까지 우리 연극계를 지탱해왔던 계몽적 연극관이 더 이상 통용되기 어려운 환경 하에서 '신극(근대극)운동' 차원의 활동은 불가능해졌으며, 그로 인해 '신극(근대극)운동'에 뜻을 두고 있던 연극인들이 상업적 대중극에 종사하는 연극인들에게 우월감을 느낄 수도 없게 되었다. 그야말로 관객의 호응 외에는 어디서도 연극의 존재 가치를 인정받을 수 없게 된 것이다. <산허구리>로부터 옮겨 간 <동승>이 그러한 상황에 대해 함세덕이 내어놓은 해답이다.

　일제의 연극정책에 순응하는 국민연극 외에는 공연이 불가능했던 상황에서도 연극을 하는 가치보다는 관객을 선택했던 함세덕의 연극 활동이 이어지는 것은 당연했다. 비록 친일적 색채를 넣을 수밖에 없다하더라도, 함세덕이 구사하는 대중극적 요소들은 관객들에게 연극을 보는 재미를 느끼게 하기에 충분했기 때문이다. <낙화암>, <감자와 쪽제비와 여교원>, <추장 이사베라>, <어밀레종>도 친일적 색채만 걷고 나면 대중극으로서는 무난한 작품들이다. 그런 점에서 함세덕이 남긴 친일극도 특별한 훼절이라기보다는 <동승> 이후 그가 선택한 대중극적 전략의 일환에서 이루어진 연극 활동일 뿐이다. 그러나 일제에 대한 직접적 찬양이 다른 작가에 비해 적다하여도, 함세덕의 친일 연극 활동은 비판받아야 한다.

동일한 맥락에서 해방직후 <고목>의 출현을 해석할 수 있다. 서양 연극사에서 보듯이 '잘 짜인 극'은 리얼리즘 연극의 바탕으로 활용된다.[26] 입센의 출현이 그 예가 되는데, '잘 짜인 극'의 극작술에 작가의 사회적 통찰력이 합쳐지면서 리얼리즘 극으로 전환이 이루어질 수 있었다. 함세덕의 경우도 그와 유사하다. 함세덕이 『동승』의 후기에 밝혔듯이, "국민연극 속에서 한 가지 얻은 것은 기술이었"으며, 그 자신은 "8·15를 계기로 완전이 이 작품들의 세계에서 탈피 하였"다고 했다. 이러한 설명은, <동승> 이후의 작품들을 통해 상당 수준의 기량을 확보하였으며, 해방은 과거의 무비판적 의식에서 벗어나 현실을 냉정하게 바라볼 수 있게 해주었다는 의미와 동일하다. 광복 이후의 새로운 세계에 대한 나름의 기내가 그 자신의 극작술과 합쳐져, 일제 잔재 청산의 기대와 기득권을 유지하려는 기대의 충돌을 제대로 보여줄 수 있었던 것이다. <고목> 역시 <동승>의 대중극적 연극의 연장선상에 서있는 셈이다. 그런 점에서 '잘 짜인 연극'으로서의 <동승>은 일제강점기에 발표된 함세덕 식의 대중극의 원형이며, 해방직후 <고목>과 같은 리얼리즘 연극으로 나아가는 출발점이기도 하다.

III. 국민연극 참여와 대작주의

1. 역사소재극의 창작 전략

1.1. 역사소재 선택과 국민연극 수용

1) 〈낙화암〉: 역사적 사실의 인용과 내선일체

〈낙화암〉은 함세덕의 첫 역사소재극[27]이다. '백제멸망사'라는 부제목을 붙여 이 작품이 백제가 멸망하게 된 사연을 다룬 극임을 분명하게 밝혀 두었다. 백제가 멸망하게 된 원인을 1940년대 전반기 총후 국민의 자세와 연결시켜 보려는 것이 함세덕의 일차적 의도로 보인다. 그는 『삼국사기』의 기록에 충실하고 있다는 점을 직접 표명하고 있다.[28] 백제의 멸망에 관하여 의도적인 왜곡이 없다는 다짐을 보여 객관성을 확보하고, 극의 주제를 강화하는 방법이다. 역사적 사실에 충실하면서도 국민연극 시기의 요구를 수용한 창작적 특징이 무엇인지 살펴보기로 하자. 극의 1막은 나당 연합군이 백제를 침략하기

직전인 660년 6월이며, 4막은 의자왕이 항복한 7월 18일 경이다.[29] 함세덕이 백제 멸망의 마지막 순간을 순차적으로 보여주려 했음을 알 수 있다. 백제가 나당 연합군에 의해 멸망당했다는 것은 너무나 알려진 사실이기 때문에 순차적 무대화는 멸망이라는 결과보다는 원인에 관객의 관심을 집중 시키는 효과를 얻는다. 작품의 내용을 화소별로 정리 해보기로 한다.[30]

> 1-1 : 의자왕은 자온대에서 큰 연회를 연다.
> 1-2 : 왕비 시나라는 태자 륭을 흠모하고 있다.
> 1-3 : 미곤과 임자는 신라의 김유신과 내통하고 있다.
> 1-4 : 태자 륭은 흥수의 딸 연희를 사랑하고 있다.
> 2-1 : 신라군 5만 명과 당나라 군 13만 명이 백제를 침공하였다.
> 2-2 : 왕자 태와 임자는 모반을 계획한다.
> 2-3 : 백제 신하들은 나당 연합군을 물리칠 계략을 두고 갈려 싸우다.
> 2-4 : 계백은 병사 5천 명을 거느리고 출전한다.
> 3-1 : 의자왕은 항복을 결심한다.
> 3-2 : 임자는 시나라에게 왕자 륭의 잔에 독을 탈 것을 권유한다.
> 3-3 : 연희는 임자를 칼로 찔러 살해한다.
> 3-4 : 시나라는 자신의 죄를 고백하고 자결한다.
> 4-1 : 의자왕은 낙화암을 경유하여 피난을 떠난다.
> 4-2 : 왕자 륭은 신라군의 포로가 되어 끌려간다.

4-3 : 연희도 신라군의 포로가 되어 끌려간다.

4-4 : 근향을 비롯한 궁녀들이 낙화암에서 뛰어내린다.

<낙화암>은 4막극인데, 발단(1막)-전개(2막)-위기(3막)-결말(4막)의 지극히 모범적인 극 구성을 가지고 있다. <낙화암>의 전개는 역사적 사실에 완전히 부합하고 있어서 역사적 사실의 인용이 주된 창작방법이라 하겠다.[31] 함세덕은 『삼국사기』에 기록된 실제 인물의 이름과 관직을 그대로 사용하고, 기록된 내용을 대사에 차용하기도 했다. 신라의 첩자 미곤과 내통하는 좌평 임자(任子)가 있는데(1-3), 사리사욕을 채우기 위하여 백제를 배신하는 악인으로 그려져 있다. 워낙 극적인 인물이어서 가공의 인물처럼 느껴지지만 그들 역시 함세덕이 『삼국사기』[32]에서 취한 그대로의 인물이다.

역사적 사실을 바탕으로 하여 함세덕이 관객들에게 공들여 보여주고 있는 부분이 백제 조정 대신들의 분열이다. 나당 연합군이 침공해온 절체절명의 순간에도 신하들은 "효와 의직과 은상 장군의 일파"와 "태와 임자와 달솔 상영의 일파"로 나누어 논박을 벌이고 있다(2-2, 2-3). 상반된 주장을 펴는 이들의 대사도 『삼국사기』에서 그대로 차용해온 부분이 많다. 적군을 눈앞에 두고도 자신의 이익을 챙기기 위하여 거짓된 의견을 내어놓는 무리들의 뻔뻔한 모습은 관객들의 분노를 유발하기에 족하다. <낙화암>에 등장하는 거의 대부분의 인물이 역사

상에 실재 했던 인물인 까닭에 백제 조정의 분열이 망국의 원인이 되었음을 더욱 생생하게 전달할 수 있게 되었다.

왕비 시나라는 <낙화암>의 주요 인물 중에서 유일한 허구의 인물이다. <낙화암>에 사용된 역사적 사실의 창조는 대부분 시나라와 관련 있으며(3-2, 3-4), 그녀는 백제가 멸망하게 된 원인을 강조해서 보여주려는 함세덕의 의도가 반영된 인물이다. 시나라는 신라왕 김춘추의 딸이며, 의자왕에게 포로로 잡혀와 왕비가 되어 있는 비운의 인물로 설정되어 있다(1-2). 김춘추의 실제 딸 고타소랑은 642년 백제의 윤충이 대야성을 공격 하였을 때 남편 품석과 함께 죽었다.

함세덕은 백제 멸망의 원인을 명확하게 작품에서 드러내기 위해 시나라 공주라는 허구의 인물을 창조한 것이다. 백제가 멸망하게 된 결정적 계기는 의자왕의 실정 때문이다. 한때는 해동증자(海東曾子)라 불릴 정도의 현명한 임금이었으나 어느 순간에 그는 폭군으로 변하였다. 태자 륭을 비롯한 충신들의 직언을 용납하지 않고 국사를 그르쳤던 이유를 『삼국사기』에서는 명확하게 기록해두지 않았다. 『삼국사기』 의자왕 편[33]에는 656년 봄부터 왕이 주색에 빠져 술과 함께 지냈으며[淫荒耽樂], 성충의 간언에 분노하여 옥에 가두었다고 했다. 역사적인 사실만 기록되어 있을 뿐 의자왕이 그렇게 변한 이유에 대한 언급은 없다. 함세덕은 시나라 공주로 인하여 의자왕이 변한 것으로 설정했다(1-1). 시나라의 미모에 반한 의자왕이 그녀의 환심을 사기 위해 연회를 계속 베풀어 국정에 소홀해졌으며,[34] 시나라를 납치해간 의자왕에 대한 분노로 김춘추가 당의 원병을 얻어 백제를 침공한 것으로 설명이 된다.[35]

<낙화암>에서 함세덕은 백제 멸망의 원인을 두 가지로 보고 있다. 하나는 의자왕의 실정으로 민심이 이반하였으며, 두 번째는 국론이 분열되어 침략에 효과적으로 대응하지 못했다는 것이다. 이 두 가지 원인은 역사적으로 널리 알려진 사실이니, <낙화암>은 그 점을 극화해서 보여주는 정도를 목표로 삼은 작품이라 하겠다. 『삼국사기』를 창작의 근거로 삼았기 때문에 백제 멸망에 대한 새로운 해석은 애초부터 시도하지 않았던 것이다. 역사적 사실 그대로의 백제 멸망사와 국민문학에서 요구하는 바를 결합시키기 위해, 함세덕은 태자 륭을 극의 주제를 전달하는 인물로 활용하고 있다.

내사 륭은 함세덕이 변형 시킨 인물에 속한다. 역사상의 태자 륭은 644년에 태자로 책봉되었으며, 백제 멸망 후에 당의 포로가 되어 잡혀 간 인물이다.[36] 『삼국사기』에는 백제가 멸망될 당시 그가 구체적으로 어떤 태도를 취하였는지 전혀 언급되어 있지 않다. 함세덕은 태자 륭을 의자왕에게 맞서는 정의로운 인물로 설정하고 있다. 백제의 태자였다는 역사적 사실은 가져오면서도 인물의 성격을 새로 형상한 것이다. 태자 륭이 정의로운 인물이긴 하지만 영웅적 인물은 아니며, 자신의 뜻을 펴보지도 못하고 좌절을 겪는 피해자형의 인물로 그려졌

다. 그것은 태자 륭을 통해 의자왕의 실정을 강조해서 보여주려 했던 함세덕의 의도 때문이다.

> 륭 : 나라의 우아래가 얼마나 영화를 누리면 상궁내시들이 몸에다 금가루를 바르고 단기겠소? 자온대 목욕탕에서 흘러나오는 그만 모아도 3천 명 군사와 마필을 키우고 남을꺼요. 3년째 비가 아니와 백성이 흉년에 우는데, 논에 대일 물을 모조리 20리 밖에서 끌어다 연못에 대어 선유를 하시니 내 백성이 끊어지지 않은 이상 그곳을 어찌 가겠소.

태자 륭이 백제의 현실을 걱정하는 것은 의자왕의 잘못을 관객에게 드러내어 알리는 기능을 한다. 왕실의 분란이 극심하게 일어나고 있을 때(2-3) 그는 온몸을 던져 저항을 하는데, 의자왕이 아집과 독선에 사로잡혀 사리판단을 정확히 하고 있지 못하다는 점을 관객에게 강하게 인식시켜 주었다.

극의 주제를 전달하는 태자 륭의 인물 기능은 4-2에서 직접 드러난다. 태자 륭을 통한 계몽·선전이 극적 사건의 연계선상에서 자연스럽게 도출되지 않는다는 점이 눈에 뜨인다. 1막에서 의자왕의 실정이 드러나면서 극의 발단이 조성되고, 2막에서는 조정 대신들 사이의 분란이 극의 갈등을 고조시켜 나간다. 3막에서는 극의 위기가 절정에 달한다. 태자 륭이 죄수부대를 이끌고 전쟁에 참여하려 하자, 그것에 위협을 느낀 임자가 시나라에게 태자 륭을 독살할 것을 사주한다. 1막에서 3막으로 이어지는 일관성 있는 사건 전개 속에서, 태자 륭이 백제와 나당 연합군의 전쟁을 동족 대 이민족의 대결로 파악한 적은 없었다. 『삼국사기』에 기록된 역사에 충실하려 했기 때문에 백제 멸망의 역사를 동족 대 이민족의 전쟁으로 그려낼 여지가 없었던 것이다. 1막에서 3막까지는 국민연극 시대의 요구를 수용할 여지가 없었으므로, 4막에서 무리하지만 태자 륭에게 메가폰의 기능을 부여해서 해결한 것이다.

태자 륭은 신라의 왕자 법민에게 포로로 잡힌 후에 "앞으로 소정방의 창끝이 어데를 겨눌지" 주의하라 하고는, "한시 바삐 귀국하야 국경을 막을 도리를 강구하라"고 소리친다. 당장 눈앞에 있는 적에게 당나라의 침공에 대비하라 주장하는 까닭은 "너는 단군 이래 조선의 동족이요. 당나라는 바다를 건는 이족"이라는 사실 때문이다. 동족과 이족을 구분하는 구도는 중국과 전쟁을 치르면서 내선일체를 부르짖고 있던 일제의 지배 담론을 그대로 수용한 것이다. 더구나 "너희가 적군에 붙잡히는 한이 있드라도 결코 망한 나라에 누명을 씌우지 않도록 해라", "향기 한 꽃은 필 때도 고웁지만 가을 바람에 질 때도 아름답게 지는 것이다"라고 말하는 태자 륭은 군민공사(軍民共死)를 내세워 옥쇄(玉碎)를 명령하는 일제의 모습 그대로이다. 함세덕은 <낙화암>에서 국민연극 시대의 요구를 적절하게 수용하고 있다. 백제는 지배자의 무능력과 분열로 멸망하였으니 전쟁 중에 내부 분열을 조장해서는 안 된다는 교훈과 전쟁에서 패할 경우 능욕 당하거나 자결할 수밖에 없다는 공포감을 심어주었다. 총후 국민전선의 이념에 걸맞은 작품이라 하겠다.

2) 〈어밀레종〉 : 역사적 사실의 창조와 일선동조

함세덕은 〈낙화암〉 이후에 한동안 역사소재를 극화하지 않았다. 현진건의 〈무영탑〉을 각색하기는 하였으나, 주로 당대 생활 현실에서 소재를 찾아 작품화 했다. 그러던 그가 갑자기 "네덜란드령 동인도 슨다 군도 중의 바리섬"이라는 아주 낯선 지역을 배경으로 하는 〈추장 이사베라〉를 발표하고, 뒤이어 역사소재극 〈어밀레종〉을 내어놓았다. 그 무렵의 변화는 그간 함세덕의 모색이 지속되고 있었으며, 그 나름의 결론을 얻었음을 짐작하게 한다. 〈어밀레종〉은 역사적 사실의 인용이 거의 없다는 점에서 〈낙화암〉과 창작 방법이 많이 다르다. 먼저 내용을 요약 해보기로 하자.

1-1 : 미추홀이 참여한 주종 작업이 실패로 끝났다.

1-2 : 공주 시무나가 주종 작업장을 찾아온다.

1-3 : 김은거가 당에 주종을 맡기자고 주장하나 미추홀이 반대한다.

1-4 : 공주 시무나는 미추홀의 열정에 감격한다.

2-1 : 공주 시무나가 수집한 유기를 들고 주조 작업장을 방문한다.

2-2 : 김옹은 어린아이를 희생시키기로 결정한다.

2-3 : 미추홀은 어린아이의 희생을 반대한다.

2-4 : 공주 시무나가 미추홀을 설득 한다.

3-1 : 공주 시무나는 혼인이 약속된 당의 범지를 홀대한다.

3-2 : 미추홀이 가마의 증기에 안력을 잃게 된다.

3-3 : 일본인 의사가 미추홀의 눈을 치료한다.

3-4 : 당으로 시집가지 않으려고 공주 시무나가 자신의
      얼굴을 해친다.

4-1 : 이화녀가 찾아와 죽은 아이를 그리워 한다.

4-2 : 일본에서 보낸 동(銅)이 도착한다.

4-3 : 미추홀은 주종작업이 끝나면 일본으로 가겠다고
      한다.

4-4 : 공주의 마음을 안 미추홀은 자신의 눈을 멀게 만
      들고, 종을 완성한다.

5-1 : 주종에 성공한 미추홀은 공주와 관계를 용서 받는다.

5-2 : 공주 시무나는 미추홀과 함께 일본으로 떠날 것을
      허락 받는다.

5-3 : 이화녀가 종속에 들어가 타종을 방해 한다.

5-4 : 미추홀과 공주는 일본으로 떠난다.

『삼국유사』에는 봉덕대왕신종의 주조 사실을 확인해주는 짤막한 기록만 실려 있다.[37] <어밀레종>에서 역사적 사실의 인용은 봉덕대왕신종이 완성되었다는 사실에 한정될 수밖에 없다. 그가 소재를 취한 것은 이른바 어밀레종 전설이다. 종의

주조 과정에서 실패를 거듭하자, 어린아이를 희생 시켜 마침내 성공을 거둘 수 있었다는 내용의 이야기가 성덕대왕신종의 연기설화로 굳어진 것은 1920년대 이후이다.[38] 역사적 사실에 연결되어 있는 전설에서 소재를 취함으로써 함세덕은 역사적 사실성에 얽매이지 않고, 자신의 상상력을 자유롭게 펼칠 수 있는 바탕을 마련하였다. 어밀레종 전설을 극화하면서 국민연극 시기의 요구를 수용하려는 함세덕의 전략은 그가 직접 언급한 바 있다. 그는 "문화를 통한 내선일체의 역사적 고찰"을 행한다 하였고, "신라시대 문물이 백제와 함께 大和에 수입된 것이 1000년 후 오늘날 我國이 대동아공영권의 맹주로 나서게 되는 한 素因"(《어밀레종》)이 되었다는 점을 밝히고자 했다. 조선과 일본이 같은 뿌리에서 출발하였다는 사실을 역사에서 찾아 인용하기란 쉽지 않지만, 전설의 경우는 그 자체가 이미 허구적인 면을 인정받고 있기 때문에 함세덕이 목적에 맞게 활용할 수 있는 여지가 많은 장점을 갖고 있다. 봉덕대왕신종의 주조라는 소재 선택에서부터 이미 창작방법이 분명하게 정해져 있었던 것이다.

　＜어밀레종＞은 ＜낙화암＞과 달리 역사적 사실의 창조가 주된 창작 방법이다. 역사적 사실의 창조는 자유로운 상상력을 동원해 주제를 극 속에 자연스럽게 녹여낼 수 있는 장점을 가지고 있다. 성덕대왕신종을 주조한 미추홀,[39] 그리고 그에게 사랑을 느끼고 희생을 마다하지 않은 공주 시무나는 역사상은

● 『매일신보』 1943년 10월 16일자에 실린 〈어밀레종〉의 공연광고

물론 전설에도 등장하지 않는 인물이다. 이들은 역사상의 실존 인물이 아니기 때문에 함세덕이 필요로 하는 성격을 부여하고, 극의 전개에 활용하기가 쉽다.

〈어밀레종〉은 발단-상승-위기-하강-대단원의 모범적 극 구조를 가지고 있는데, 위의 요약에서 알 수 있듯이 미추홀과 공주 시무나의 사랑을 작품 전개의 근간으로 삼고 있다. 미추홀은 신라인의 뛰어난 주종술과 굴하지 않는 용기를 보여주기 위한 인물이며(1-3), 공주 시무나는 중국의 속국이기에 신라가 당하는 폐해를 드러내는 인물로 기능한다(3-1). 시무나 공주는 "춘삼월 당나라 황자(皇子)"에게 시집가기로 되어 있으나, 자신은 "국책의 희생"자라는 생각을 가지고 있다. "사직을 안보 할려면 큰 당나라의 힘을 빌지 않을 수 없다”는 신라 왕실의 결정으로 이루어진 혼인이기 때문이다. 당이 신라에 비우호적이라는 사실은 종의 주조를 둘러싼 대립과 겹쳐서 더욱 강조되고 있다. 1-3에서 김은거는 “신라는 당나라의 번속국(藩屬國)”이라는 입장에서 주종을 당에 맡기자고 주장하며, 신라에 고유한 것이란 아무 것도 없다는 주장을 편다. 이에 맞서서 미추홀은 공방도 주종하는 방법도 모두 신라의 독창적 기술이라 하면서, “당나라 주공의 손으로는 선대왕께서 바라신 신비한 종소리는 절대로 못 낼 것이”라 한다. 김은거가 “원체가 남을 깎아잡아 말하길 좋아하는 안하무인”의 부정적 인물로 묘사되고 있어 당을 부정적인 국가로 인식시키는 데 기여하고 있다.

일본은 당과 대조되면서 긍정성을 부여 받는다. 미추홀은 일본의 문화 발전에 대해 깊은 신뢰를 표하고 있으며, 신라에서 마련하기 어려운 구리를 기꺼이 내어줄 수 있는 인정 많은 국가로 설명했다(4-2). 성덕대왕신종이 완성된 결정적 계기 중의 하나가 “일본국의 후의”임을 강조한 것이다. 미추홀이 그리는 일본은 이상향 그 자체이다.

미추홀 : 일본 천황께선 조곰도 민족적으로 차별하거나
　　　　그러시지 않는다 합니다. 오히려 미치노쿠노쿠
　　　　니(陸奧ノ國)라는 넓은 땅에다 여기서 건너간 사

람들을 위해서 부락까지 건설해주셨다 합니다. 그뿐 아니라 전답과 벼씨를 내리시고 앞으로 20년간 세금을 면제해주셔서 평화찬 생활을 하게 하신답니다.

성덕대왕신종을 완성한 미추홀이 사랑하는 시무나와 함께 신라를 떠나 일본으로 가도록하여, 일제에 긍정성을 부여하려는 목적의 대미를 장식한다. 중국과 전쟁을 계속하고 있으면서, 한국과 중국의 긴밀한 협조 관계를 우려하고 있던 당대적 요구를 수용한 것이다. 신라와 일본의 관계가 이처럼 돈독 했으며, 그 당시부터 일본이 선진문화를 가졌다는 주장[40]은 역사적으로 근거가 없는 부분이다. 신라의 김춘추가 진덕여왕 시절에 일본을 방문한 적이 있다. 백제를 공격하기 위한 외교 전략의 일환이었지만, 일본을 신라 쪽으로 끌어오려는 신라의 노력은 별다른 성과를 거두지 못하였다.[41] 신라가 삼국통일을 한 이후에 신라와 일본의 관계는 대체로 원만하지 않았고, 경덕왕 때는 일본의 사신이 왔으나 오만하고 예의가 없다하여 상대하지 않은 적도 있다.[42] 미치노쿠노쿠니(陸奧ノ國)도 백제 멸망 후 일본으로 가서 정착 했던 백제인들의 거주 지역이어서 신라와는 인연이 없다.[43] 그럼에도 불구하고 역사적 사실의 창조에 기반 한 창작 방법으로 인하여 "奔放한 空想과 憧憬과 理念을" 작품에 넣을 수 있었고, "오늘날 내선일체의 한 방울이 于手 1000년 전부터 흘렀다"(《어밀레종》)는 주장을 자연스럽게 극 속에 녹여 넣을 수 있었다.

함세덕은 총후 국민전선의 현실적인 면을 극 속에 담아내는 데에도 소홀하지 않았다. 종의 재료인 구리를 모으기 위하여 모든 신라인들이 나서서 "양푼·대야·식기로부터 숟가락·젓가락까지 공양"는 상황은 유기 헌납운동에 열을 올리던 당대 상황을 그대로 담아낸 것이겠다. 그보다 더욱 중요한 부분은 조국을 위한 희생에 대한 미화이다. 함세덕은 <어밀레종>에서 어린아이의 희생이 종의 완성을 가능하게 한 직접적인 원인으로 그리지 않고 있다. 미추홀이 어린아이의 울음소리를 환청으로 듣고 괴로워하다가 눈을 다친다는 설정에서도 그 점을 잘 알 수 있다. "그런 이치에 닿지 않는 미신으로 말미암아 상감마마의 적자인 한 사람의 생령을 희생시킬 수는 없"다는 미추홀의 반대에도 불구하고, 그 상황은 공주 시무나에 의해 정리가 된다. 시무나는 "세상에 가장 아름다운 것은 깨끗한 희생입니다. 자기를 죽여 남의 행복을 빈다는 이 우에 더 깨끗한 일이 있을까요?"라고 한다. 미추홀이 시무나 공주의 말을 수긍하기 때문에 '깨끗한 희생'은 현실적 의미를 갖게 된다. 수많은 군인과 민간인의 죽음을 요구 하고 있던 태평양전쟁의 광기를 긍정하는 것 그 자체이다. 식민지 조선의 젊은이들을 징집하면서 '천황의 적자'임을 강조했던 현실과 겹친다 하겠다.

1.2. 모순의 창작 전략과 극 정서의 활용

함세덕의 <낙화암>과 <어밀레종>은 역사에서 소재를 취하여 국민연극 시기의 요구에 호응한 작품이다. 친일의 의도를 온몸에 체현한 주동인물이 등장하지 않아 보편적 친일극과는 그 성향을 달리하긴 하지만 국민연극 시기의 요구를 수용한 것은 분명하다. <낙화암>에 비해서 <어밀레종>이 좀 더 직접적으로 친일적 성향을 드러내 보이고 있는데, 그만큼 더 시대상황이 악화되었던 점을 상기할 필요가 있다. 함세덕이 『동승』에서 밝힌 것처럼 "소극적이나마 반항"하려 했던 그의 의도를 정확하게 읽어내기 위해서는 극 정서의 면을 살펴보아야 한다. 극의 표면에 드러난 반항적 요소는 검열관의 눈을 피할 수 없는 까닭에, 반항의 요소들은 공연장에서 공연되었을 때 드러나야 하기 때문이다. 다시 말하자면, 이른바 '모순의 창작 전략'[44]이란 국민연극 시기의 요구는 극 구조를 통해 반영하고, 반항의 의지는 극의 정서를 통해 표출하는 방법이란 것이다. 전혀 상반된 입장의 계몽·선전을 하나의 작품에 수용하기 위해 층위를 달리해 배치하는 창작전략을 그가 고안한 것이겠다.

국민연극 시대 모든 작품은 그 이전에 비해 더욱 강화된 검열을 통과하여야 했다. 극 구조적 차원에서 진행되는 내용은 극의 표면에 해당하기 때문에 모든 것이 드러나 있게 되니, 친일적 요소들을 충분히 갖추고 있어야 검열관의 잣대를 통과할 수 있다. 그렇지만 극 정서의 차원은 기계적 검열이 불가능한 부분이어서 검열관의 성향과 시기적 상황의 변화에 따라 차이가 나타날 수밖에 없다. 함세덕은 검열관의 시선이 제한적으로 작용할 수밖에 없는 영역인 극 정서에 주목한 것이다. 국민연극 시기 함세덕의 고민이 담긴 모순의 창작 전략은 성공하기가 참으로 어려운 창작 방법이다. 극 정서는 결국 극 인물과 사건을 통해 형성되는 것이기 때문에 극 주제와 극 정서가 서로 다른 방향을 지향하기가 쉽지 않은 탓이다. 더구나 극 정서는 공연을 본 관객의 감정과 제대로 만나야 소기의 성과를 거둘 수 있어서, 작가의 의도는 지극히 제한적으로 발휘될 수밖에 없는 한계가 있다. 극의 정서를 활용하여 '반항'의 흔적이라도 남기려면 극 구조에 의도적으로 균열을 일으켜야 한다는 것이다. 국민연극 시대의 요구를 담아내고 있는 극 표면의 틈 사이를 비집고 올라와야만 작가의 의도가 관객의 정서와 만날 수가 있기 때문이다. 모순의 창작 전략이 제대로 된 성과를 거두기 위해서는 고도의 치밀한 계산이 동원된 극중 인물과 사건이 필요하다 하겠다. 함세덕이 모순의 창작 전략을 <낙화암>과 <어밀레종>에서 어떻게 구사하고 있는지 살펴보기로 하자.

<낙화암>의 극 인물과 사건은 내선일체와 일선동조론을 잘 반영하고 있다. 그렇지만 관객의 향수와 회고적인 민족감정을 자극하고자 하는 함세덕의 의도는 그러한 주제와 다른 정서를

작품에서 생성해내고 있다. 먼저 <낙화암>에서는 <어밀레종>과 다르게 일본의 존재를 직접 언급하지 않고 있다는 점을 눈여겨보아야 한다. 백제 부흥군을 지원한 일본군의 존재는 백제 멸망사에서 굉장히 매력적인 소재이다. 백강구(白江口) 전투에서 당군에 패해 동아시아 역사에서 큰 변화를 만들어내지는 못하였으나,[45] 국민연극 시기 역사소재극에 맞춤하기는 이만한 것이 없을 것이다. 백제와 일본이 피로 맺어진 사이라는 점을 강조한다면 내선일체와 일선동조론을 쉽게 전파할 수가 있기 때문이다. 국민연극 검열관의 입장에서 대단히 못마땅했던 점이겠으나 <낙화암>의 극 구조에서는 일본이 개입될 여지가 없다. 『삼국사기』의 사실을 그대로 인용하는 창작방법을 택하여 작가가 창조한 허구가 개입될 여지를 좁혀 놓았기 때문에, 사료에 실려 있지 않은 부분을 담지 않는 것은 시비꺼리가 되지 못한다.

함세덕은 백제멸망사라는 부제 하에 낙화암에서 3천 궁녀의 투신으로 극을 마무리하여, 일본 지원군이 개입될 가능성을 애초에 차단하고 있다. 국민연극의 요구에 맹목적으로 끌려가지 않으려는 함세덕의 의중을 읽을 수 있는 부분이다. 함세덕의 이러한 시도는 극 정서를 의식하고 이루어진 것으로 보아야 한다.

백제의 멸망을 순차적으로 다룬 <낙화암>에는 후회와 반성이 주 정서를 이룬다. 후회와 반성의 정서는 잃어버린 것에 대한 아쉬움을 불러일으킨다. 함세덕은 극의 프롤로그에서 "반월성의 폐허"를 배경으로 하여 봄빛은 푸른데 "구중(九重)의 빛난 궁궐 있든 터 어데"인지를 묻고 있다. 지금은 사라져버린 것에 관객의 관심을 촉구하기 위한 설정이다. 함세덕은 무대장치를 통해 의도적으로 백제문화의 화려함을 강조하고 있다.

1막은 궁문 밖이 주 배경임에도 불구하고, "멀-리 장안(長安)과 사비수(泗沘水)와 700년 영화를 자랑하는 별궁(別宮), 이궐(離闕), 사찰, 정루(亭樓) 등"이 잘 보이도록 배치하였다. 2막의 근정전(勤政殿)은 "이 하나로 능히 찬란한 백제문화를 추측할 수 있"도록, 3막의 망해전(望海殿)은 지당, 연못, 아름다운 석교와 정자 등을 배치하도록 했다.[46] 극의 서두에서 본 폐허와 대비된 백제의 화려한 풍경은 당대 관객들에게 그들 곁에서 사라져버린 것이 무엇인지를 느낄 수 있도록 만든다. 주변에서 사라졌으나 아무런 아쉬움을 던져주지 못했던 과거의 역사가 관객에게 의미를 던져줄 수 있도록 만든 것이다. 이를 통해 "왜 짐이 륭의 말을 진작 아니 들었든고? 웨 짐이 성충과 흥수의 간언(諫言)을 아니 들었든고"라고 한 의자왕의 반성은 일제 치하의 어려움 속에 놓여 있던 식민지 관객에게 의미 있게 들릴 수가 있게 된다.

<낙화암>에서는 의자왕의 실정을 시종 보여주고 있다. 태자 륭의 호소에도 불구하고 아집과 독선에 묻혀 있는 의자왕의 모습은 비판의 대상임이 분명하다. 함세덕은 비판의 대상

인 의자왕에게 뜻밖에도 사랑의 감정을 부여하고 있다. <낙화암>의 의자왕은 신라의 공주인 시나라를 기쁘게 하기 위해 국가 재정을 파탄 낼 정도의 잔치를 베풀었고, 시나라의 배신에도 불구하고 그녀를 신라로 돌려보내려 한다. 의자왕의 순정은 백제 멸망의 비난이 그에게 집중되는 것을 막아준다. 백제 멸망을 비판적으로 그리되 적절한 선에서 마무리를 해둠으로써 우리 민족의 선조인 백제를 맹목적으로 비난 받게 하지 않으려는 의도라 하겠다. 함세덕의 이러한 의도적 노력으로 인하여 <낙화암>은 슬픔의 역사이긴 하지만, 한때 찬란했던 선조의 역사를 환기하는 효과를 얻을 수가 있게 되었다.

<어밀레종>은 <낙화암>에 비해 월등히 강하게 국민연극 시기의 요구를 수용하고 있다. 극 인물과 사건이 내선일체와 일선동조의 논리를 제대로 담아내고 있어서 함세덕이 시도한 보순의 창작 전략이 어디에서 작동하고 있는지 알기가 십지 않은 작품이다. <어밀레종>의 극 정서는 낙관성이다. 함세덕은 어밀레종의 존재감을 활용하여, 고난극복형 대중서사를 통해 관객을 위무하고 있다. 어밀레종은 "신비한 鐘聲"으로 "現今 考古學者들을 瞠目케 하는 逸品"이다. 한국인의 심성에는 어밀레종 소리가 보통의 종소리와 다른 강렬함을 지니고 있다는 믿음이 자리하고 있다. 종의 재료가 되는 구리를 일본에서 구해오고, 일본인 의사가 미추홀의 눈을 치료해주지만 어밀레종을 만드는 작업만은 미추홀의 힘으로 이루어지도록 함세덕

은 설정하고 있다. 이것은 관객의 민족정서를 의식한 전략이다. 함세덕은 우리가 당나라도 넘어설만한 문화를 지녔던 신라의 후예라는 자부심을 식민지인의 서러움을 안고 살아가고 있는 당대 관객에게 심어주려 했던 것이다. 이러한 극 정서는 <어밀레종>의 고난극복형 대중서사에서 얻어진다. 주종장인 미추홀은 신라의 주종 실력을 부정하고 당나라에 의뢰하려는 친당파의 저항에 부딪힌다. 신라에서 가장 아름다운 여인이자 공주인 시무나는 미추홀을 사랑하게 되면서 신분의 차이라는 난관에 부딪힌다. 두 사람이 부딪힌 어려움은 그들의 힘으로 풀기 어려운 것이지만, 우여곡절 끝에 종은 완성 되고 사랑도 이루어진다. 고난극복형 대중서사는 사실성과 객관성 확보에 크게 얽매일 필요가 없는 특징을 가지고 있다. 대중들이 가지고 있는 소망의 세계를 펼쳐 보임으로써 그들을 위로하고 보듬어주는 기능을 수행한다.

<어밀레종>에서 함세덕은 극 구조에 균열을 만들지 않는다. 앞에서 언급하였듯이, 어밀레종의 존재감이 있기에 고난극복의 대중서사를 충실히 진행 시키는 것만으로도 향수와 회고의 정서를 자극할 수 있다고 판단했기 때문이다. 5막은 완성된 종을 무대상에 세워두고 사건이 전개 되는데, 종의 규모면에서도 그렇고 어밀레종 소리의 재현 면에서도 대규모의 조직화된 지원이 필요한 작품이다. 거대한 종과 아름다운 울림의 소리를 시청각적으로 활용한 이 장면은 미추홀의 당당한 주장을

다시 환기 시키게 된다.

> 미추홀 : 시험삼아 대조해보소서. 소리에 있어 당나라의
> 종은 그 지세처럼 황막하고 단조하고 또 외형
> 도 선이 미적으로 되지 못합니다. 한 번 치면
> 화랑의 피를 끓게 할 웅장한 소리가 나고, 두
> 번 치면 성대에 만세를 부르는 백성의 평화한
> 노래 소리가 나고, 세 번 치면 어린애 잠을 재
> 울 수 있는 부드러운 자장가 소리가 혼연히 섞
> 여 나올 종을 족속이 다른 당나라 사람이 어떻
> 게 만들겠습니까.
> (이 강렬한 열정적 사상에 시무나와 무라카키
> 히메는 서로 감격하고 공명했다.)

미추홀의 열정은 시무나 공주만이 아니라 관객들의 정서에
도 긍정적 효과를 남긴다. 5막에서 관객들은 당나라를 능가할
정도의 문화를 가진 신라를 직접 확인하게 되는데, 이것을 통
해 민족적 자부심을 끌어내기에 부족함이 없어 보인다. <어밀
레종>은 함세덕이 언급했던 "장엄한 국가적 예술"(「신극과 국민
연극」)로서 국민연극의 모범답안에 해당한다. 함세덕은 화려함
과 사실성이 조화를 이룬 무대 형상을 통해 관객에게 신라의
문화에 대한 자부심을 심어줄 수 있다고 자신했던 것이다. 그
러나 그 자부심이 일제치하의 현실 속에서 긍정적 방향으로만

나아가기는 쉽지 않았다.

함세덕은 두 편의 역사소재극만 남겼다. 역사 소재를 백제와 신라에서 찾아낸 것은 식민지 조선인의 향수와 회고의 정서를 자극하기에 적절하다 판단했기 때문이겠다. 임진왜란의 충격과 식민지 전락이라는 아픈 경험이 떠오르는 조선시대보다는 일본의 문화보다 우월한 위치에 있었던 백제와 신라 시대에서 소재를 발굴하는 것이 모순의 창작 전략에 더 적절하다. 함세덕 희곡의 특징은 뛰어난 극작술로 구현해내는 서정성이다. 등단 무렵의 <산허구리>와 <도념>(동승)에서 이미 그 탁월한 솜씨를 인정받은 바가 있다. 관객의 정서를 장악하는 극작술을 가지고는 있으나, 극의 주제가 이미 주어지는 국민연극 시기 역사소재극에서는 그러한 서정성이 제대로 효과를 보기 어렵다. 국민연극 시대의 요구는 작품에 선명하게 드러난 반면, 식민지 관객의 향수와 회고적 감정은 조절하기가 쉽지 않아서, 결국엔 극의 표면이 그 이면에 숨겨진 의도를 제압하고 마는 것이다.

1.3. 비동일시 주체 함세덕의 대작주의

국민연극 시기에 역사소재를 택하여 함세덕이 시도해본 모순의 창작 전략은 그리 효율적이지 않다. 그러나 국민연극 시기의 강압적 연극 환경 하에서 이루어진 시도라는 점에서는 그 의미를 가볍게 볼 수 없다. 국민연극 시기의 요구를 수용하고 창작 활동을 계속한 함세덕이긴 하지만, 그 속에 함몰되어 안주하지만은 않았다는 사실을 확인 시켜주기 때문이다. 폐쇄를 통해 설명하자면, 함세덕은 비동일시(dis-identification)의 주체이다.[47] 함세덕은 국민연극을 적극적으로 환영하는 입장은 아니었지만, 협상의 여지는 가지고 있었던 작가였다. 국민연극의 주류에서 완전히 벗어나지는 않지만, 주류적 특징과는 다름(difference)을 지향하는 태도를 가지고 있는 것이다. 함세덕이 역사소재극에서 취한 모순의 창작 전략은 그러한 바탕에서 배태되었다.

비동일시의 주체인 함세덕의 입장은 "현재의 사회가 허용하는 환경 속에서 최대의 성과를 내도록 노력하는 것"(「청년적 열정이 필요」)으로 정리된다. 국민연극 시기에 막 접어들 무렵 함세덕이 자신의 입장을 피력한 바 있다. 그는 독일의 국민연극과 일본·식민지조선의 국민연극은 다를 것이라 했는데, 독일과 달리 일본은 "국가가 통제·협력·지도는 할지언정 관리는 아니 할 것이"(「신극과 국민연극」)기 때문이라 했다. 독일의 국민연극에 대한 부정성을 밝힌 것은 일본의 국민연극이 지닌 부정성을 비판하는 의미를 가진다. 일본의 국민연극 정책을 받아들일 수밖에 없지만, 국가가 연극을 관리하지 말아야 한다는 사실을 강조해서 요구하고 있는 것이다. 비동일시의 주체인 함세덕의 특징이 잘 드러나는 부분이다. 그는 국가에서 관리만 하지 않는다면, "국민연극이야말로 최고의 신극"이고, "국가정신을 통한 배우와 작가와 관중만의 크나큰 감격"(「신극과 국민연극」)을 얻을 수 있을 것이라 했다.

함세덕이 국민연극의 시대를 긍정적으로 생각한 것은 신극이 상업극에게 연극계의 주도권을 완전히 내어주고 밀려났다는 판단 때문이다. 그는 국민연극을 "관중에 영합할려고 비속한 희곡"을 마구 남발하는 "商業主義的 연극에 汨沒했던 극인들이 容易히 이룰 수 없는 領域"(「신극과 국민연극」)으로 규정해, 상업극과 선을 그었다. 그는 국가의 지원을 받아 '고도의 무대 기술을 매개'로 하는 연극을 할 수 있는 기회로 국민연극 시기를 활용하고자 하였다. 함세덕은 모든 관객을 만족 시킬만한 수준의 대작에 걸맞은 소재는 역사이며, 그것이 식민지관객의 민족감정에도 긍정적 영향을 줄 수 있다고 판단하였다. 모순의 창작 전략이 여기에서 출발하는 것이다. 국가가 연극을 관리하기 위해 나선 시대적 조건을 발판으로 삼아 제대로 된 신극을 해보겠다는 생각은 대단히 도전적이지만, 국민연극 시기의 검열 환경을 고려하면 무모하기 이를 데 없는 것이기도 하다. 무엇을 양보하고 무엇을 얻을 것인가에 대한 분명한 계산이 확립되어 있지 않으면, 일제의 지도를 용납하고 뒤따르는 결과에 빠지고 말기 때문이다.

국민연극은 최고의 신극이어야 한다는 사실을 증명하려는 함

세덕의 의지가 담긴 대작이 <낙화암>이다. <낙화암> 이전의
작품으로 <산허구리>(1936), <도념(동승)>(1939), <해연>(1940) 등
이 있다. 세 편의 작품은 작가의 생활 주변에서 소재를 구하였
으며, 함세덕 특유의 서정성이 대중극적인 극 구조와 잘 어울
려 있다. 전작에 비해 <낙화암>은 극의 규모가 훨씬 커졌다.
단막극이 아니라 4막의 장막극이어서 등장인물도 전작에 비해
몇 배가 되며, 동원되는 무대 장치도 엄청나다. 1막에서 3막에
이르기까지 화려한 백제 문화를 재현한 무대는 그 이전에 볼
수 없었던 것이며, 낙화암을 배경으로 하는 4막의 내용을 제대
로 형상하기 위해서는 상당한 물량이 투입되어야 한다. 1930
년대 말에 이 정도 규모의 공연을 제대로 소화해낼 수 있는
신극 공연단체는 거의 없다 해도 과언이 아니다. 함세덕은 국
민연극의 시대에서는 실현이 가능하다 생각하고 추진했던 것
이다.

국가의 지원에 기대어 대작을 완성해보고자 하는 함세덕의
욕망은 모순의 창작 전략을 통해 <낙화암>을 완성한다. 국민
연극의 시대가 요구하는 주제를 수용하되, 자신이 원했던 대
작을 실현해보려는 함세덕의 위험천만한 발상은 <낙화암>에
서는 소기의 성과를 거두었다고 말해도 좋겠다. 그러나 이러
한 시도는 국민연극 출발기에서 가능했던 것이지, 식민지 조
선의 연극을 관리하는 국가의 체제가 정비되면서부터는 어려
워진다.[48] 국민연극 시기의 요구는 <낙화암>의 수준을 뛰어

넘는 것이었기 때문이다.

함세덕은 장막 역사소재극을 하지 않고, 다시 단막극으로 회귀한다. <낙화암> 이후 <어밀레종> 이전의 단막극들은 소규모의 공연이기 때문에 공연의 부담이 크지 않다. 대중극 취향의 소재들을 아기자기한 극작술로 다듬은 작품을 내어 놓았다. 반면에 식민지 지배체제에 저항적으로 인식될 수 있는 요소는 극 구조상에 전혀 드러내지 않았다. 국민연극의 시대적 요구로부터 적당히 거리를 두고 있는 것 정도가 그 무렵의 함세덕이 선택한 반항의 전부였다. 그러한 소극적 반항도 오래 가지 못하였다. <감자와 쪽제비와 여교원>은 함세덕이 선택했던 최소한의 반항도 어려운 시대에 봉착했음을 알려준다. 『춘추』에 발표 했으나 삭제 당한 작품으로 알려진 <감자와 쪽제비와 여교원>은 광복 후 작품집에 실린 것만으로도 일제의 식량공출에 협조적인 작품이라는 사실을 충분히 확인할 수가 있다.[49] 1942년에 발표한 <추장 이사베라>는 국민연극 시대의 요구를 수용한 작품이다. <추장 이사베라>는 국민연극 시기의 요구를 요령껏 수용하면서 대작을 만들어 보려는 꿈을 함세덕이 포기하지 않고 있음을 알 수가 있다. 식민지조선의 연극에서는 만나기 어려운 낯선 열대지역의 풍물도 볼거리가 되고, 다양한 인물군이 벌이는 사건들도 흥미진진하다. 국민연극 시대의 요구를 수용할 수밖에 없는 상황이라면, 이 기회에 식민지관객의 향수와 회고적 정서를 자극하는 대작을 만들어

보자는 의도가 탄생 시킨 작품이 <어밀레종>이다.

<어밀레종>의 제작 규모는 일제강점기 함세덕의 극 중에서 가장 거대하다. 신라 궁궐의 화려한 면모도 볼거리이지만, 주종장의 생생한 현장감은 당대 연극의 압권이라 하지 않을 수 없다. <어밀레종>은 어려움 속에서도 종을 주조해낸 위대한 나라 신라를 환기 시키는 효과는 얻고 있으나, 그것은 극의 전면에 배치된 국민연극 시대의 요구에 눌려 버린다. 검열을 의식하여 <어밀레종>의 인물 행동을 내선일체와 일선동조론을 계몽·선전하는 데 맞추다 보니 미추홀과 시무나 공주가 구체적 형상을 얻지 못하고 있기 때문이다. 미추홀이 난관을 뚫고 종을 제작하는 과정과 난관을 뚫고 사랑을 얻어내는 과정이 유기적으로 결합되지 못한 탓이다. <어밀레종>은 상당히 치밀한 인과관계로 구성된 작품임에도 불구하고, 공주를 위해 미주홀이 자신의 눈을 나시 밀게 만드는 싱황 설정은 목숨을 걸고 종을 만들고 있는 그의 성격과 결합이 잘 되지 않는다. 그 반면에 무라사키의 형상은 구체성을 얻고 있다. 일본에서 유학을 온 무라사키는 뛰어난 통찰력과 침착함을 지니고 있으며, 시무나 공주를 도와 여러 가지의 어려움을 해결하는 데 기여한다. <어밀레종>의 5막에서 종에서 소리가 나지 않을 때 모두가 허둥거리지만, 종의 속에 숨어 있는 여인을 발견한 것도 무라사키이다. 무라사키의 존재는 일본에 대한 긍정성을 관객에게 심어주기에 충분하다. 극 구조상에 정교하게 배치된

일본에 대한 긍정적 의미 부여는 관객의 정서를 지배하게 되기 때문에 함세덕이 의도했던 신라의 문화에 대한 환기가 큰 의미를 가지지 못한다. 결국에는 "조선인도 오늘날처럼 이렇게 哀傷하지 않았으니 옛사람의 피를 본받어 우리도 英雄的인 開拓的인 精神으로의 이 東亞를 한 一線 안에 들도록 하자"[50]는 것으로 기울게 된다.

<낙화암>과 <어밀레종>은 함세덕이 지녔던 대작주의의 결산이다. 국민연극 시대를 피할 수 없다면 차라리 시대적 연극 환경을 이용하여, 제대로 된 연극을 해보고자 하는 모험적인 욕망이 만들어낸 작품들이다. 그 모험적인 욕망은 모순의 창작 전략에 의해 구체화 되었으며, 국민연극의 주류 경향에서 벗어나지는 않으나 차이를 내포한 작품을 만들어 내었다. 함세덕은 <어밀레종>을 발표한 후에 모순의 창작 전략에 의한 역사소재극의 창작이 큰 의미를 생성하기가 어렵다는 사실을 깨달았던 것으로 보인다. 그는 역사소재가 아니라 현실에서 찾아낸 소재로 대작 규모의 <황해>를 창작한다. <황해>처럼 현실에서 소재를 택한 작품은 관객의 향수와 회고적 감정을 자극할 극 정서를 확보하기 어려운 까닭에 명실상부한 국민연극이 되고 만다. 극작술은 뛰어나지만 민족정신은 완전히 실종된 작품이다. <황해>의 세계를 떠나 함세덕은 또 다른 모색의 길로 들어가게 된다.

2. 친일극의 강화된 대중성

2.1. 계몽 · 선전극으로서 친일극

국민연극 시기 함세덕의 작품을 속성으로 나누어 보면 대중
극과 친일극으로 대별될 수가 있다. 대중극은 "싹트자 서리를
맞는 격"(『농승』)이 되어버린 상황 하에서 연극을 계속히기 위
해 그가 선택한 길이었고, 친일극은 일제의 요구를 거절하지
않고 수용한 결과물이다. <산허구리>(1936)의 세계를 버리고
<동승>(1939)의 세계로 간 것처럼, <동승>의 세계에서 <추장
이사베라>(1942)의 세계로 옮겨간 까닭도, 관객의 호응 외에
는 어디서도 연극의 존재 가치를 인정받을 수 없게 된 일제
말기의 혹독한 연극계 상황과 관련이 있을 것이다. 시대를 똑
바로 바라보는 안목이 없었다는 사실이 안타깝기는 하지만,
그의 친일적 행위 자체는 비판을 받아야 마땅하다고 본다.

친일극은 일본의 정책을 옹호하는 작가의 입장을 관객에게 계몽·선전하려는 작품이다. KAPF의 연극이 계급적 관점을, 1950년대 반공극이 반공의 이념을 관객에게 계몽·선전하려 했던 것과 동일한 맥락이라 하겠다. 계몽·선전극은 공연담당자가 관객보다 모든 면에서 우위에 서 있어야 효과를 높일 수가 있는 연극이다. 관객을 설득시킬 수 있기 위해서는 작품에서 계몽·선전하고자 하는 내용에 대해 극작가가 제대로 알고 있어야하며, 그러한 내용으로 공연하였을 때 최대의 효과를 얻을 수 있는 형상화 방법에 대해서도 분명한 자기 확신이 있어야 한다. 더욱이 극작품은 공연이 되어야 하므로, 당대 연극계의 공연 능력에 대해서도 잘 파악하고 있어야 무대 표현의 묘를 얻을 수가 있다. 그런 점에서 계몽·선전극으로 성공하기란 쉽지가 않다. 모든 면에서 상당한 기량을 갖추지 못한 계몽·선전극은 결코 관객을 감동시키지 못하며, 따라서 의도했던 계몽·선전 효과도 얻을 수 없게 되는 것이다.

여기서 우리가 관심 있게 보아야 할 부분은 계몽·선전극으로서 친일극의 존재 방식이다. 1940년대 국민연극은 일본과 식민지 조선에서 같이 이루어졌다. '국민연극론'이라는 이론적 틀이 먼저 주어지고 희곡의 창작과 연극화 작업이 '일방적'으로 뒤따라갔다. 일본과 식민지 조선에서 동시에 이루어졌다 하더라도 계몽·선전극의 효과 측면에서 보면 한국과 일본의 국민연극은 상당한 차이를 가지고 있다. 일본인 관객을 두고 전시 상황에 대한 여러 문제들을 다루면서 전쟁에서의 승리를 강조하는 연극은 그들 자신의 문제이기 때문에 심정적으로 이반되는 경우는 그리 많지 않을 것이다. 그러나 동일한 작품이 식민지 조선에서 공연될 때는 상황이 다르다. 내선일체, 황국신민화 정책 등을 옹호하는 공연에 대해 일제강점하의 피폐한 사회 상황을 직접 체험하고 있는 관객들이 호의적으로 받아들이기란 쉽지 않을뿐더러, 오히려 적대적 감정까지 유발 시킬 수 있다. 친일극은 이미 친일의 입장에 서있는 관객을 대상으로 하는 것이 아니라, 입장 표명을 유보하고 있거나 적대적인 입장에 서있는 관객들을 주대상으로 삼고 있다고 보아야 하기 때문이다. 국민연극 시기에 발표된 친일극의 대부분이 식민지 조선의 지배자인 일본에 대한 충성이라는 공적 가치와 더불어 협조 뒤에 얻을 수 있는 현실적 이득을 강조하고 있는 것도 관객들의 거부감을 최소화하려는 전략에서 비롯된 것이다.

식민지조선에서 행해지는 친일적 계몽·선전극은 일본의 경우에 비해 이중의 어려움을 안고 있다. 그러한 어려움을 해결하기 위해서는 관객들이 체험하고 있는 억압적 사회 상황과 친일극에서 다루고 있는 낙관적 상황 사이의 엄청난 거리를 작가들이 의식하고 있어야 한다. 그 거리를 의식하지 않을 경우 설득력이 약화되어 공연이 실패할 가능성이 커진다. '소통의 기본 모형'(a basic model of communication)[51]을 통해 좀더 설명해보기로 하자.

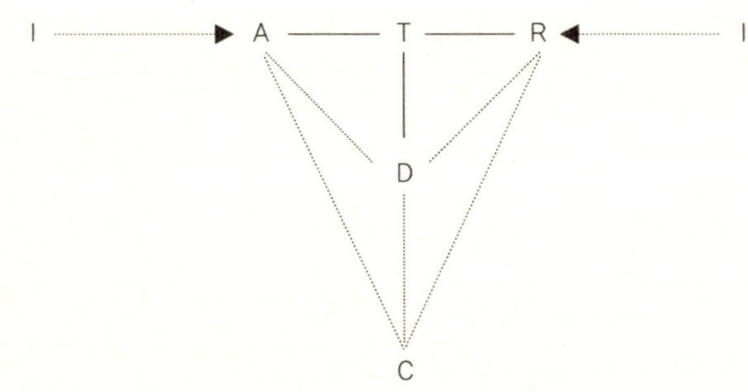

위 도표에서 실선으로 연결되어 있는 점들, 즉 작가(A)와 독자(관객)(R)는 텍스트(T)가 지니고 있는 분명한 '명시적 가치'(D)를 공유하게 된다. 우리가 작품을 대했을 때 쉽게 드러나는 작가의 주장이 명시적 가치이다. 그런데 명시적 가치(D)를 해석함으로써 얻어지는 '함축적 의미'(C)는 상황에 따라 달라질 수 있으므로 점선으로 표시되어 있다. 함축적 의미를 포착해내는 데 큰 영향을 미치는 부분은 해석 영역(I)이다. 해석 영역은 작가와 독자(관객)를 둘러싸고 있는 모든 것들에 대해 자신의 방식으로 이해하도록 하는 다양한 이념과 사회적 힘에 대한 개인적 경험을 포함하고 있다. 작가의 해석영역과 독자(관객)의 해석영역의 일치와 불일치는 명시적 가치(D)를 넘어서는 함축적 의미(C)를 찾아내는 데 있어서 작가와 독자(관객)가 일치하는가, 혹은 못 하는가를 결정짓는 중요한 요인이 된다.

친일극의 경우 일본의 정책을 옹호한다는 작품의 명시적 가치(D)는 누가 보더라도 분명하기 때문에 식민지 조선의 독자(관객)에게는 심정적으로 거부감이 먼저 들게 된다. 식민지 조선을 전쟁에 필요한 병참기지로 만들어 놓은 현실이 너무나 혹독하기 때문이다. 친일극의 작가들 역시 그러한 경험을 공유하고 있지만 일본의 정책을 옹호해야 하는 입장이므로 애써서 그러한 현실에 눈을 감아야만 한다. 여기에서 친일극 작가들의 해석 영역(I)과 독자(관객)의 해석 영역(I)은 극단적으로 멀어지게 된다. 그러한 불일치는 작품의 명시적 가치(D)를 넘어서서 작품의 함축적 의미(C)를 찾아가는데 결정적인 방해가 된다. 친일극이 보다 분명한 계몽·선전의 효과를 얻기 위해서는 함축적 의미(C)를 독자(관객)들에게 제대로 전달하여야할 필요가 있으므로, 작가는 독자의 해석 영역(I)에 대한 배려를 우선적으로 하지 않으면 안 된다. 즉 친일극의 극중 현실과 독자(관객)들의 경험 현실 사이의 괴리를 어떠한 방법으로든지 해결하여야만 한다는 것이다.

일본에 대한 부정적 감정이 강한 식민지 조선에서 친일극이 성공하기란 어려운 일이다. 널리 알려져 있다시피 <추장 이사베라>에서부터 함세덕은 일제의 정책을 작품에 수용하기 시작한다. 내선일체·황국신민화·강제징용 등등 1940년대 전시체제하에서 행해진 일제의 정책을 관객들에게 계몽·선전하는 입장에 선 것이다. <추장 이사베라>에서 <거리는 쾌청한 가을 날씨>(1944)에 이르는 과정은 친일의 문제를 효과적으로 풀어 보려는 함세덕의 시도를 담고 있다고 보아야겠다. 그러한 입장에서 함세덕의 친일극을 살펴보면 두 가지의 특징이 발견된다. 하나는 협조자의 존재가 강조되어 있다는 점이며, 또 하나는 볼거리가 많은 무대를 추구하고 있다는 점이다. 함세덕 친일극의 특징이 그의 희곡 세계에 있어서 어떠한 의미를 지니는가를 살펴보기로 하자.

2.2. 관객들을 친일로 이끄는 방식

1) 협조자에 의한 주동인물의 변화

친일극의 주동인물은 처음에는 피해자형 인물의 성격을 지니고 있으나 협조자의 도움으로 인하여 긍정적이고 낙관적인 인물로 변화한다. 그들은 자신의 개인적 소망을 우선시하는 성격을 지니고 있다는 점이 특징이다. <추장 이사베라>의 이사베라는 가족의 안녕을, <어밀레종>(1943)의 미추홀은 성덕대왕신종의 완성을, <황해>(1943)의 천명은 육지에서 생활 할 수 있는 안정된 직장을, <거리는 쾌청한 가을 날씨>(1944)의 쿠라조는 멋진 창고를 원하고 있다. 친일극의 주동인물들은 자신의 개인적 소망을 방해하는 주변 환경과 싸워야 하지만 그의 능력만으로는 그것을 극복하기가 쉽지 않은 상태에 놓여 있다. 친일극의 주동인물은 결국에는 자신의 개인적 소망을 양보하거나 포기한다는 점에서 함세덕 대중극의 피해자형 주동인물의 연장선상에 있으나, 그 결과로 인하여 오히려 더 큰 이치를 깨닫거나 성취한다는 점이 대중극과 다른 차이다. 개인적 소망에 매달려 시대의 요구를 깨닫지 못하는 주동인물에게 변화의 계기를 마련해주는 인물이 협조자[52]이다. 뛰어난 능력을 지닌 협조자는 주동인물을 변화시켜 그가 원하던 소망 이상의 것을 이룰 수 있도록 도와주는 역할을 한다. <추장 이사베라>의 후지키, <어밀레종>의 시무나, <황해>의 공주학이 그러한 인물이다. 친일극의 경우 협조자의 도움으로 주동인물의 성격에 변화가 이루어지기 때문에, 그 결과로 인하여 극의 마지막은 밝고 희망찬 분위기를 지니게 된다. 협조자의 역할이 관객에게 충분한 설득력을 가지고 있어야 하므로, 함세덕은 필요한 전제를 극 구조에 충분하게 설정해두었다. 그로 인하여 친일극의 극짜임은 그 이전의 대중극에 비해 훨씬 너 정교한 면을 지니게 된 것이다.

<추장 이사베라>에 나오는 바리섬의 추장 이사베라는 이미 첫 아들이 네덜란드군에 의해 희생당했고, 둘째 아들은 감옥에 갇혀 있는 상태이다. 네덜란드인 사리강이 보석을 강탈하고 그들의 신을 모독하는 사건이 발생하자 마을 주민들은 극도로 흥분하게 된다. 막강한 화력을 지닌 네덜란드군에게 도전하는 일은 죽음을 자초하는 일이지만, 추장 이사베라는 울분에 못 이겨 무모한 무장 봉기를 생각한다. <추장 이사베라>가 이사베라의 죽음 혹은 좌절로 끝을 맺지 않고, 더 나은 미

래를 기대하는 낙관적 상황으로 극을 맺게 되는 것은 협조자 역할을 하는 일본인 의사 후지키 선생 때문이다. 후지키는 일본을 믿고 은인자중하도록 추장 이사베라에게 충고를 한다. 이사베라는 후지키와 일본을 믿고 무장 봉기를 자제하기로 한다. 절망적 상황에 놓인 이사베라이기에 후지키의 조언을 따르는 그의 결정이 무리한 느낌을 줄 수도 있다. 그러나 함세덕은 극의 초반부터 바리인들에게 신뢰를 얻고 있는 후지키의 행동을 요소요소에 강조해 둠으로써 그의 조언이 극중에서 큰 힘을 가질 수 있도록 배려하고 있다.

> 후지키 : 나는 모든 점으로 보아, 바리 사람은 우리 일
> 본과, 지리나 민족성이나 공통된 점을 수없이
> 발견합니다. 그러므로 나는 여러분과 손을 잡
> 고, 이 바리를 영원의 낙원으로 만들기를 맹서
> 합니다.

바리섬에 열대병을 연구하러 온 의사로서는 할 수 없을 것 같은 이야기이지만 바리인을 위해 헌신적으로 일해 온 의사이기에 그의 말은 바리인들에게 신뢰감을 가질 수가 있다. 후지키의 헌신적 노력은 바리인들의 목숨과 재물을 앗아가는 네덜란드인 와링킹의 행동과 비교되어서 더욱 강한 신뢰감을 형성한다. 그러므로 이사베라에게 "지금 흥분 끝에 날뛸 게 아니라

조곰만 더 때를 기대리"라는 후지키의 말은 극의 반전을 위한 중요한 계기로 작용하는 것이다. 이사베라는 모든 재산을 빼앗겼고, 자식들마저 죽거나 감옥에 가있기 때문에 현실적인 면에서는 더 이상 희망을 가질 수 없는 상태이다. 그럼에도 불구하고 후지키의 약속처럼 일본군이 바리섬을 향해 오고, 그에 용기를 얻은 바리인들의 봉기가 암시되고 있어서 극의 마지막 분위기는 낙관적으로 변화한다. 당장의 울분을 풀기 위해 네덜란드군을 공격했다가 어이없는 죽음을 당하지 않도록 이끈 후지키가 있기에 이사베라는 일본을 주축으로 하는 아시아인의 단결이라는 새로운 질서에 눈을 뜰 수가 있었던 것이다.[53] 이사베라의 깨달음을 관객의 깨달음으로 연결하려는 함세덕의 의도를 찾아볼 수가 있다.

<어밀레종>의 미추홀도 피해자형 인물이다. 미추홀은 이미 여러 번 실패를 서듭한 싱딕대욍신종을 만들기 위하어 혼신을 다하지만 결과를 낙관할 수가 없으며, 실패할 경우 목숨까지 위태로운 상태이다. 특히 미추홀의 실력을 의심하여 당에서 주종사를 데리고 오려는 이찬 김은거의 시도가 미추홀에게는 가장 큰 위협이다. 미추홀을 압박하는 김은거의 시도를 꺾고 그를 도와주는 강력한 힘의 협조자는 공주 시무나이다. 공주 시무나는 당의 왕자인 범지와 혼인이 결정되어 있었으나 자신의 얼굴에 자해를 하여 파혼을 하는 적극적 성격의 인물이다. 거기에 더하여 무라사키히메라는 아주 능력 있는 일본인 유학

생이 있어서 시무나의 힘은 더욱 강해진다. 미추홀은 시무나의 도움과 격려에 힘입어 마침내 성덕대왕신종을 완성하고, 시무나와 함께 일본으로 새 삶을 찾아 떠난다.

눈을 잃은 미추홀과 평민이 된 시무나가 일본으로 떠난다는 낙관적 결말은 식민지 지배자인 일제를 찬미하려는 작가의 의도가 만들어낸 것이겠지만, 관객으로부터 극적 진실성을 의심받을 소지가 많다. 그러나 시무나를 적극적으로 도우는 무라사키히메, 그리고 종을 만들 수 있도록 구리를 공급해주는 일본을 사전에 부각시켜 둠으로써 그들이 선택한 일본이 이상향이라는 사실을 관객들이 거부감 없이 받아들이도록 만들고 있다. 특히 당나라에서 온 왕자 범지의 건방지고 신의 없는 행동을 대비시키고 있어서 효과가 더 크다. 신라를 위협하는 당나라와 신라를 적극적으로 도우는 일본이 대비되기 때문에 미추홀과 시무나의 새로운 삶이 이루어질 터전으로 일본을 택한 것이 당연하게 여겨진다. 더욱이 신라의 구리와 일본의 구리를 함께 녹여 만든 성덕대왕신종의 상징성까지 부가 되어서, <어밀레종>은 내선일체의 일본 정책을 충실히 담아내고 있다.

<황해>는 식민지 조선인을 자원이라는 명분으로 전쟁에 끌어들이고자 하는 일본의 정책을 더욱 세련된 솜씨로 다룬 작품이다. 천명은 죽음이 두려워 바다에 나가기를 꺼려한다. 그는 바다에서 아들을 잃은 어머니의 서러움을 잘 알고 있기 때문에 인천에 가서 트럭기사가 되어 살아가려고 한 것이다. 바

다에 나가지 않으려는 그의 소망이 끊임없이 위협을 받고 있어서 피해자형의 인물 모습을 그대로 간직하고 있다. 그러한 그를 변화시키는 협조자가 외삼촌 공주학이다. 공주학은 개인을 위한 어업이 아니라 '총후국민으로서 처할 생업'을 하고자 하는 인물로 그려져 있으며, 천명에게 어부로서 감당해야 할 시대적 소명을 깨닫게 해준다. 바다를 거부하던 천명은 공주학으로 인하여 바다를 받아들이면서 새로운 인물로 변화한다.

> 천명 : (감격과 흥분에 홍조되며) 난 삼춘과 손을 잡구
> 　　　 태평양 인도양을 나와바리로 할 순 없지만, 이
> 　　　 황해 바닥을 우리 집 우물루 만들 테야. 그래서
> 　　　 이 우물 속에 말할 수 없이 묻혀있는 조기, 갈치,
> 　　　 민어, 준치, 도미, 가자미, 가오리로부터 뻘 속에
> 　　　 묻힌 낙지, 게, 조개 할 것 없이 다 잡아 낼 테야.

　공주학의 신념을 자기 것으로 받아들여 변화한 천명은 배의 망가진 부자리를 고쳐서 선원들의 목숨과 헛되이 버릴 뻔 했던 고기를 지켜낸다. 그뿐만 아니라 스스로 자원하여 일본 해군에 입대함으로써 시대의 소명을 자기 것으로 받아들인 인물로 완벽하게 변신을 한다.

　이처럼 함세덕의 친일극은 주동인물의 변화로 인해 밝은 분위기에서 극이 마무리가 된다. 밝고 긍정적인 결말은 관객에게 미래에 대한 낙관을 심어주는 기능을 하기 때문에 다른 작

가들의 친일극에서 도식적으로 나타나는 결말이기도 하다. 함세덕의 경우에는 주동인물의 변화에 의해 얻어진다는 점에서 특별한 의미를 찾을 수 있다. 주동인물의 변화는 함세덕이 관객의 변화를 요구하는 것으로 해석될 수 있다. 일본의 정책에 부정적인 관객들은 극의 주동인물들이 그러했듯이 일본의 힘을 믿고 따름으로서 자신의 한계를 극복할 수 있다는 점을 함세덕이 강조하는 셈이 된다.

2) 잘 만든 극짜임과 볼거리 많은 무대

함세덕은 <동승>을 계기로 하여 <산허구리>의 세계를 떠나 대중극의 세계로 발을 내어 딛는다. <동승>으로부터 <무의도 기행>까지, 개인적인 차원의 소재를 택하여 뛰어난 극작술로 형상화함으로써 관객을 흡인할 수 있는 대중성을 충분히 획득하고 있다. 함세덕은 대중극작가의 위치를 확고하게 구축하고 있었다. 함세덕의 대중극은 뚜렷한 특징을 지니고 있는데, 관객의 감정이입을 위하여 피해자형의 주동인물[54](protagonist)을 활용하고, 흥미 유발을 위하여 반전을 빈번하게 사용하며, 여운을 남기기 위해 떠남의 결말 방식을 선호한다는 점이다. 함세덕의 대중극에 등장하는 주동인물들은 자신의 소망을 방해하는 상황에 막혀 자신의 꿈을 포기하는 특징을 가지고 있다. 주동인물에게 좌절감을 안겨주는 환경은 식민지 사회가 안고 있는 근원적인 집단의 문제가 아닌 아주 개인적인 것이어서,

주동인물의 좌절은 개인적 아픔으로만 귀결될 뿐이다. 시대의 고민보다는 관객의 취향이 더 중요한 대중극의 속성 그대로의 모습이다. 잠깐 그 모습을 살펴보기로 하자.

<해연>은 <동승>에서 확보한 대중극 구조를 잘 활용한 작품이다. 서로 연정을 느끼고 있던 진숙과 세진의 사랑은 세진의 아버지의 강력한 반대로 성사될 기미가 보이지 않는다. 그러나 결사적으로 사랑을 이루려는 세진을 본 그의 아버지는 마침내 마음을 돌려 그들의 사랑을 허락하려 하나, 그 순간에 세진의 어머니가 진숙을 버리고 떠난 생모라는 사실이 밝혀지면서 사랑은 깨어지고 만다. <추석>의 만표는 문학가의 꿈을 포기하고 고향을 찾아 부모와 동생을 도우며 살려고 한다. 동생을 돕기 위해 씨름판에 나가서 황소를 따오지만, 아버지와 동생의 오해를 접하고는 집을 떠나가고 만다. <심원의 삽화>의 계영은 일우의 세모이다. 교사로서 자신의 능력도 발휘하고 싶고 사회생활도 적극적으로 하고자 하는 계영에게 시어머니나 일우는 큰 부담을 안겨주고 있다. 일우와 도저히 함께 살 수가 없어서 개성에 있는 언니네 집으로 보내려 할 때, "선생질 배워서, 다른 집 자식은 잘 가르친다는 년이, 어째서 제 자식 하나 못 가르치는거야"라는 노모의 호통에 계영은 그녀의 모든 꿈을 접는다. 자신의 꿈을 포기하고 가정의 행복을 지키려는 희생인 셈이다. "물에서 죽나 여기서 죽나, 죽긴 마찬가지에요. 날더러 자꾸 나가라믄, 난 여기서 죽어버"리겠다며 결

사적으로 저항하던 <무의도 기행>의 천명도 결국에는 바다에 나가 죽음을 당하고 만다. 바다로 나가지 않기 위해 칼을 들고 저항을 하지만, 믿었던 어머니마저 "이 늙은 에미두 손만대믄 찔러 죽인단 말이지"라며 그의 의지를 배반하였기 때문에 더 이상 버틸 수가 없었던 것이다.

<낙화암>(1940)은 단막극에 치중하던 함세덕이 장막극으로 처음 시도한 4막의 대작이다. 백제 멸망이라는 역사적 상황을 극중 배경으로 하고 있기 때문에 다른 작품과 판이한 특징을 지닐 것처럼 보이지만 전혀 그렇지 않다. 백제의 태자인 륭(隆)은 출중한 능력을 가지고 있으며, 신라와 당이 연합하여 백제를 공격하려 한다는 사실을 누구보다도 명확하게 알고 있다. 그럼에도 불구하고 그의 능력은 의자왕의 횡포에 막혀 전혀 발휘되지 못한다. 태자 륭을 둘러싸고 반전에 반전을 거듭하는 사건들이 이어지지만, 태자 륭은 신라군에 체포되고 삼천 궁녀는 낙화암에서 줄줄이 떨어져 내린다. <낙화암>에는 세간에 널리 알려진 바대로의 방탕한 의자왕이 존재할 뿐이므로 백제의 멸망은 당연한 결과로 보이게 된다. 역사적 사실에 제대로 접근하여 그 의미를 해석하려는 작가 의지가 부재한 작품이기 때문에 태자 륭의 슬픈 좌절만이 강하게 남아 있는 대중극으로 한정되는 것이다.

이처럼 국민연극 시기에 발표된 함세덕의 대중극에는 피해자형의 주동인물과 반전의 효과, 그리고 떠남의 결말 등이 호

응하여 대중성을 강화하고 있다. 함세덕의 대중극은 식민지인의 애상(哀傷)적 감수성에 효과적으로 작동하는 극짜임을 갖추고 있다고 여겨지는데, 그러한 속성이 친일극에도 이어지고 있다. 초기에 애상적 감수성을 자극하다가 작품의 후기로 가면서 긍정적이고 낙관적인 분위기로 변화시키고 있어서 대중극적 속성은 더욱 강화되고 있다고 보아야 할 것이다. 함세덕의 장기라 해야 할 극작술에 힘입어 극적 반전의 효과는 강화되고, 극적 짜임새는 보다 정교해지고 있으며, 거기에 더하여 갖가지 볼거리를 갖춘 무대를 제공하고 있다.

　대중극적 속성은 관객들이 연극에 보다 쉽게 접근하게 만들어 준다. 식민지 지배 정책의 모순에 시달리고 있는 관객들에게 다가가기 위하여 함세덕은 작가의 해석영역(I)과 다른 독자(관객)의 해석영역(I)을 강하게 의식하고 있었던 것으로 보인다. <추장 이사베라>가 바리섬을, <이밀레종>이 신리의 경주를 극중 공간으로 설정하여 지금 현재의 식민지 조선의 상황으로부터 벗어남으로써 독자(관객)들의 해석영역(I)에서 발생하는 거부감을 해결해보려 하였다. 낯선 공간과 이질적 시간은 관객들에게 현실적 판단을 유보하게 만들어 친일이라는 명시적 가치(D)보다는 극의 사건 전개에 좀 더 관심을 가지게 만든다. 즉 친일극이라는 점을 사전에 알고 있다고 하더라도 낯선 시공간의 연극이라서 관객들의 흥미를 이끌 수 있다는 사실이다. 거기에 덧보태어 <추장 이사베라>에 등장하는 낯선 풍광들, 그리고 <어밀레종>에 나오는 주종 과정 등은 관객에게 다양한 볼거리를 제공하는 역할을 하여 명시적 가치(D)를 잠시 유보하도록 이끄는 효과를 지니고 있다. 악어가 나올 듯한 호수, 그 주위에 자리한 열대식물들, 기이하게 보이는 바리인들의 모습 등등도 관객들의 호기심을 자극하겠지만, <어밀레종>의 다음과 같은 장면은 더욱 특별하다.

정면에 점토의 더미. 이 속에 종의 토형(土型)을 묻어났다. 주위에 용로가 3개. 탕출구(湯出口)는 전부 토형 상부 기삽부(旗揷部)를 향해 있다. 노(爐) 밑 아궁지로 바람을 보내는 풀무.(이것은 땅에다 묻고 발로 밟는 식) 노(爐) 주위에는 사닥다리가 거미줄같이 얽혔고 상구(上口) 옆에 지휘자가 열도와 동즙(銅汁)을 보는 가설의 발판. 좌변에 동재(銅材)를 올리는 기중기.// 막이 열리면 주정들이 "어—허, 어—허" 하며 풀무를 밟는 사람, 시뻘건 아궁이에 숯을 던지는 사람, 사닥다리로 자재를 운반하는 사람들이 바쁘다. 가마입으로 자주빛 불꽃이 올라갔다.

<어밀레종>에 등장하는 이러한 광경들은 관객들에게 볼만한 구경거리로 받아들여지기에 부족함이 없다. 공연을 하는 것조차 어려워 명맥만 겨우 유지해왔던 식민지 조선의 연극계에서 이러한 장면들을 만나기란 그리 쉽지 않은 까닭이다. <추장 이사베라>에 비해 <어밀레종>이 한 걸음 더 나아간

작품으로 평가 받을 수 있는 것은, <추장 이사베라>가 일본에 대한 우호적 입장만을 담아낸 것임에 비해 <어밀레종>은 종을 만들기 위해 전 국민이 참여하는 유기 모으기 운동, 종을 만들기 위해 어린 아이를 넣는 것에서 국가를 위해 희생[55]해야 한다는 것을 말함으로써 좀 더 진전된 함축적 의미(C)를 생성해내었기 때문이다.

<어밀레종>의 성과를 발전시켜 시간을 당대로 옮겨 온 작품이 <황해>이다. <황해>는 연극이 창작되고 공연되는 동 시간대를 극중 시공간으로 삼고 있어서 친일극이 해결해야 할 근원적인 문제를 안고 있는 작품이다. 관객의 해석영역(I)과 함세덕의 해석영역(II)이 불일치하는 점이 있음에도 불구하고 친일이라는 명시적 가치(D)를 넘어서는 함축적 가치(C)를 얻기 위해서는 관객을 극중 세계로 몰입시키지 않으면 안 된다. 고도의 극작술이 발휘되어야 하는 것이다. 함세덕은 <무의도 기행>을 이야기의 출발점으로 삼고, 강력한 협조자를 설정하고, 극짜임을 반전에 반전을 거듭하도록 짜서 관객의 흥미를 지속시키려 하고 있다. <황해>에서 극의 서두에서 천명이 처해 있는 가난하고 어려운 삶은 관객들의 해석영역(I)에서 충분히 받아들여지는 부분이다. 바다에 두 아들을 잃은 어머니가 지닌 공포는 당대 상황에서는 그리 낯선 풍경이 아니다. 관객들은 주동인물인 천명에게 감정이입이 이루어지기 마련인데, 천명에게 이입된 관객들의 감정을 반전이 거듭되는 극짜임을 활용

하여 끝까지 놓치지 않고 잘 이끌어 가고 있다.

극의 서두에서 천명은 결코 바다에 나가려 하지 않고, 전쟁에도 지원하지 않으려 했던 인물이었다. 그러한 그가 자진하여 일본 해군에 지원하는 결말이 급작스럽게 보일 수도 있다. 그렇지만 미국의 야만적 전략을 폭로하는 것으로 귀결되는 반전에 반전을 거듭하는 극짜임은 천명의 선택을 자연스럽게 보이도록 구조화되어 있다. 바다로 나가지 않으려던 천명이 어쩔 수 없이 나가지만, 만선의 기쁨을 맛보게 되고, 폭풍우를

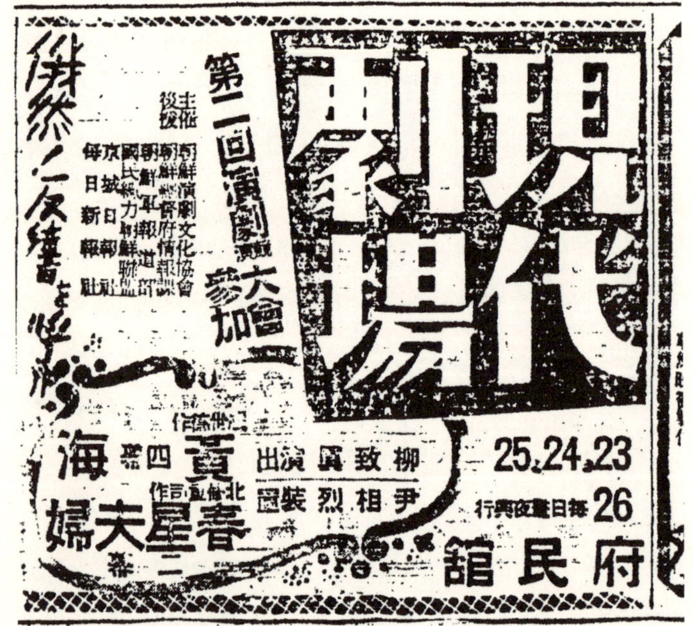

• 『매일신보』 1943년 11월 24일자에 실린 〈황해〉의 공연광고. 〈황해〉는 제2회 연극 경연대회 참가작이었다.

만나면서 낡은 배가 파선될 위기를 맞는다. 배를 버리고 떠나려던 천명은 자진하여 위험을 감수하고 배를 구해내어 무사히 인천항에 들어오게 된다. 만선의 기쁨을 누리려던 것도 잠시, 미국이 의도적으로 배에 태운 전염병 환자 때문에 모든 고기는 압수가 되어 그간의 노력이 수포가 된다. 상황은 더욱 악화되어 전염병에 감염되었을지 모르는 고기를 몰래 팔아 이득을 챙기려는 천명의 아버지를 천명이 고발하는 사태에 이른다. 그러나 일본 군의관에 의해 천명이 잡은 고기는 전염병에 감염되지 않았음이 밝혀지면서 모든 일은 잘 마무리가 된다. 그러한 과정을 거쳐 오면서 바다를 지키는 일의 소중함을 깨닫게 되었기에 천명은 자원입대하는 것이다. 함세덕은 바다에 나가기를 거부하던 인물에서부터 서서히 바다를 사랑하는 인물로, 더 나아가 일본을 위해 바다를 지키는 인물로 성장하는 과정을 전제와 결과를 살 구사하면서 세내로 그려내고 있다. 그러므로 <황해>에 이르면 제대로 된 '잘 짜인 극'(well-made play)의 모습을 작품으로 접하게 되는 것이다.

더욱이 2막은 전체가 바다에 떠 있는 배에서 이루어지는 사건들로 되어 있는데, 다음과 같은 무대 설정은 그 당시 무대에서는 좀처럼 만나기 어려운 볼거리이다.

연평 벌(冲) // 조기를 만재한 孔主學의 父船 龍遊丸 // 무대는 船舷을 절단하여 갑판과 房장의 2층을 보이고 舞臺床

은 전부 海面인양. // 孔圭學의 배는 열두 척 나갔다. // 주인이 타고 있는 배를 父船(군함으로 치면 旗艦) 그 외 배를 통상 子船이라 한다. // 적당한 곳에 어구(그물, 로프). // 배에는 포장을 쳤고 豊漁旗가 펄펄 날린다. // 平層 房장에는 등잔, 이불, 궤짝, 밥상, 취사도구 등. // 후면 선현을 2척 평방쯤 뜯어내고 바다를 보이고, 2층 갑판과는 층계로 오르내리도록. //막이 오르면,

아마도 우리의 연극에서 <황해>의 2막처럼 실감나게 바다생활을 다룬 예는 없어 보인다. 엄청난 비바람 속에서 부서져 가라앉는 배를 구해내는 천명의 행동을 보면서 그에게 이끌리지 않을 수가 없다. 1940년대 피폐한 전시경제하에서도 막대한 자금이 투자되는 이러한 장면을 굳이 설정하여 무대화한 이유는, 관객들의 흥미를 끝까지 이끌어가서 주동인물의 변화를 관객 자신의 것으로 받아들이게 하려는 함세덕의 의도 때문이겠다.

함세덕의 친일극이 지니고 있는 대중극적 속성은 관객들이 거부감 없이 극중 세계에 몰입하여 연극을 보는 재미를 느끼게 해준다. 극장 밖에서 식민지인의 비애를 느끼고 있다고 하여도 함세덕 친일극에서 보여주는 대중극의 속성은 관객들로 하여금 친일이라는 명시적 가치(D)에 대하여 잠시 눈을 감도록 만들고 있다. 일단 극에 대하여 마음을 열 수 있다면 주동인물의 변화를 자신의 것으로 받아들이기 쉽게 되어 있어서

함세덕의 의지가 관철될 여지가 커지는 것이다.

2.3. 친일 연극인의 고민과 〈거리는 쾌청한 가을 날씨〉

함세덕의 친일극은 일단 재미가 있다. 〈동승〉 이후 보여주었던 대중극작가로서의 재질이 대규모의 무대에서 마음껏 발휘되고 있는 까닭에 친일적 요소만 눈 감아 준다면 대중극으로서 손색이 없어 보인다. 대중극의 모습을 강하게 가지고 있는 함세덕의 친일극은 유치진의 친일극과 상당히 다른 모습으로 다가온다. 유치진이 〈흑룡강〉(1941), 〈북진대〉(1942), 〈대추나무〉(1942) 등에서 일본의 정책을 확고하게 따르는 적극적이고 낙관적인 주동인물을 통해 계몽·선전을 수행하고 있는데 비하여, 함세덕의 경우는 피해자형 주동인물의 변화를 통해 계몽·선전의 임무를 다하고 있다는 점에서 많이 다르다.

〈황해〉의 천명이 3막부터 적극적이고 낙관적인 주동인물로 변화하지만 외삼촌 공주학의 이념을 추종하고 있어서 유치진의 인물과는 많이 다르다. 그런 점을 유의해서 본다면, 함세덕은 친일에 대한 의지로 가득 찬 주동인물을 제대로 형상화 해내지 못할 만큼 친일에 대한 자기 확신이 없었던 것으로 보인다. 〈추장 이사베라〉의 바리섬, 〈어밀레종〉의 신라시대가 식민지 조선의 현실공간과는 거리를 두고 있는 점이나, 강력한 힘을 지닌 협조자의 존재 중에서 <황해>의 공주학만이 식민지 조선인으로 설정된 것도 그러한 점을 알게 하는 요소가 될 수 있을 것으로 본다. 시대의 모순에 정면으로 맞서기보다는 관객의 취향에 더 큰 관심을 가지는 대중극작가의 기질에서 공연을 계속하고는 있으나, 친일에 대해서는 의지와 확신이 부족한 상태에 놓여 있었다고 말할 수 있겠다. 여기에서 함세덕의 친일극 가담에 대해, 주어진 상황 속에서 어쨌든 연극은 계속하고자 하는 소극적 마음에서 비롯되었다는 추측이 가능할 것이다. 주어진 환경에 대해 불평하기보다는 차라리 적응하여 공연을 계속하면서 관객을 만나는 것이 더 낫다는 그의 주장(「우리 극단 타개책」)에는 어느 정도 '체념'이 깔려 있는 것으로 보인다. 그러한 체념이 그로 하여금 <산허구리>의 세계를 떠나 <동승>의 대중극 세계로 나아가도록 하였으며, 그 이후 친일극을 통해서라도 대중극의 세계를 계속 이어가고자 하는 계기로 작용하였을 것이다.

그런 관점에서 볼 때 <거리는 쾌청한 가을 날씨>는 독특한 작품으로 읽힌다. 함세덕의 친일극이 지닌 특징을 거의 가지고 있지 않을 뿐만 아니라, <황해>에서 보여주었던 절정에 달한 기량을 스스로 제어하면서 극을 이끌어 가고 있기 때문이다. 일본어로 발표된 이 작품은 극중 공간이 일본이며, 등장인물도 모두가 일본인이다. 주동인물인 만다이쿠라조는 개인적 이득을 먼저 생각하는 사람이다. 할아버지 때부터 내려오는 거대한 느티나무를 군수물자용으로 공출해주기를 바라는 데에도 그는 자신의 창고를 짓기 위해 거절한다. 그런데 군에 입대했던 아들이 다친 다리 때문에 집에 돌아오고, 그 아들이 "제 대신 응소(應召)한다는 생각으로 공출해"달라는 간청에 나무를 내어 놓고 만다. 일본의 총력 전시 체제 구축에 대한 확실한 계몽·선전이 이루어지는 것이다.

함세덕은 이전 작품과 달리 볼거리 많은 무대보다는 등장인물들을 실생활에 근접하는 인물형으로 형상화 하는 점에 더 주력하고 있다. 그 자신이 "내가 공부했던 전진좌의 여러분에 맞춰서 써 본 것"이라 설명한 데에서도 알 수 있듯이 인물의 형상 자체에 함세덕이 신경을 많이 썼음을 알 수가 있다. 나무를 내어 놓지 않기 위해 온갖 억지를 부리는 만다이쿠라조의 모습이 소소한 삽화들 속에서 아기자기 하게 드러나고 있으며, 대사의 절세된 사용도 인물들의 성격을 제대로 반영하는 데 기여하고 있다. 일제강점기 함세덕 작품 중에서 <동승>과 더불어 최고 수준의 작품이라 해도 무방하겠다.

그런데 함세덕이 <거리는 쾌청한 가을 날씨>를 발표한 이유는 무엇일까? 일본인들만 등장하고, 일어로 발표된 작품이어서 작가가 지닌 친일 의식을 강력하게 드러낸 작품으로도 볼 수 있겠지만, 친일극에 대한 의도적 거부로도 읽을 수도 있지 않을까 한다. 즉 일본을 배경으로, 일본인들의 이야기를 그려냄으로써 친일극의 외양을 갖추긴 하였지만, 식민지조선에서 공연될 경우 계몽·선전극의 의미가 축소 되어버릴 수밖에 없는 작품을 의도적으로 만들어 내었다는 것이다.

<거리는 쾌청한 가을 날씨>에 등장하는 만다이쿠라조는 1940년대 일본의 전형적 인물이라 해야 하겠다. 그는 나무를 공출하지 않고 창고를 하나 더 짓고자 하는 욕심을 가지고는 있지만, 자원입대한 아들이 신체검사에서 불합격하여 돌아온 것을 부끄럽게 여기고 있으며, 그에 대한 사죄의 뜻으로 자기 욕심을 버리고 나무를 헌납할 줄 아는 인물이다. 일본의 전시 체제를 긍정하고 있다는 점에서 일본인 관객을 상대로 공연을 할 때에는 아무런 무리 없이 전시 징병제도에 대한 홍보를 할 수 있겠지만, 식민지 조선인을 상대로 공연된다면 그 효과는 반감될 수밖에 없다. 이 작품에 나타나는 작가의 해석영역(I)과 식민지 조선의 독자(관객)의 해석영역(I)이 거의 불일치하여 계몽·선전극으로서 힘을 제대로 발휘할 수가 없기 때문이다.

<추장 이사베라>의 세계와 달리 일본은 식민지 조선과 별로 다를 게 없는 세계여서 관객들의 호기심을 자아내기에도 부족함이 많다. 더구나 식민지 점령국 일본에서 벌어지는 풍경에 식민지 조선인 관객이 몰입하기란 쉽지 않을 것이다. 그러므로 <거리는 쾌청한 가을 날씨>에는 <황해>의 세계를 떠나고자 하는 함세덕의 내면 심리가 담겨 있다고 말해도 좋을 것이다. 다시 말하자면, 친일극을 하고 있으면서도 친일극의 굴레로부터 벗어나고 싶어 하는 작가의 욕망이 반영되어 있는

것이다.

　함세덕은 식민지 교육을 받고 성장한 세대이다. 일제의 식민지 지배 규율에 훈련된 함세덕은 식민지 조선의 작가로서의 자기 정체성을 제대로 확보하지 못한 상태에서 1940년대를 맞이하게 된다. 함세덕은 "야만적 검열망은, 뻗어 나갈려는 나를 문자 그대로 질식 거세하고 말았다. 혁명가가 못되는 옹졸한 나는 <무영탑>, <낙화암>, <어밀레종> 등의 낭만극으로 향수와 회고적인 민족감정에 호소하여 일제에 소극적이나마 반항하"(『동승』)려 했다고 말하고 있다. 나약함으로 인하여 부당한 현실에 대해 적극적 저항이 불가능한 그로서는 그의 장기라고 할 수 있는 대중극의 세계에 함몰함으로써 현실적 외압을 잊으려 했던 것으로 보인다.

　그러한 흐름에서 본다면 <거리는 쾌청한 가을 날씨>는 가장 친일적 내용이지만, 계몽·선전극의 효과를 스스로 떨어뜨리는 방식으로 국민연극을 강요하는 체제에 대해 '반항'한 작품으로 받아들여질 수 있을 것이다. 자기 확신에 의하여 지속적으로 이루어지는 '저항'과는 달리 '반항'은 일회적이면서 다소 소극적인 입장에서 이루어지는 거부감이라 하겠다. 연극을 계속하기 위해 친일극을 하고 있지만 나름대로 느껴지는 자괴감은 어쩔 수 없었던 것으로 보이며, 그러한 기분에서 이루어진 탈출구가 <거리는 쾌청한 가을 날씨>의 방법이었던 것이다. <추장 이사베라>에서부터 시작된 친일극의 흐름이 <거리

는 쾌청한 가을 날씨>에 이르러 다시 한 번 변화의 계기를 만든 셈이다. 그런 점에서, 광복 이후 <거리는 쾌청한 가을 날씨>가 "일제 잔재 청산의 기대와 기득권 유지 기대의 충돌을 극명히 보여주는" <고목>으로 개작된 것도 광복 이후의 혼란을 접하면서 그가 선택한 '반항'으로 해석될 수 있을 것이다.

Ⅳ. 광복직후의 리얼리즘극 선택

1. 일제 잔재 청산의 요구

1.1. 위기의식과 대응 양상, 그리고 민중의 연대

해방직후 발표된 작품 중에서 친일잔재 청산에 대해 가장 뛰어난 인식을 보여준 작품이 함세덕의 <고목>이다. <고목>은 "삼십 년래 우량(雨量)이라는 대폭우가 미읍의 수백 기옥을 침탄(侵呑)하고 사라진 칠월 장마철의 어느날"에 '남선(南鮮)의 어느 중읍(中邑)'에서 일어난 사건을 담고 있다. 그 마을에 당대 정치를 이끌어가고 있는 오각하의 방문이 있자, 마을의 유지들과 민중들은 제 각각의 기대감으로 가슴 설렌다. 그 마을의 지주인 박거복은 자신이 가장 아끼는 고목나무를 오각하에게 바침으로써 미군정하에서, 혹은 그 이후에까지 자신의 지위를 확보하고자 한다. 그에 반해 영팔(박거복의 처남)과 하동정(마을 청년 지도자)은 그 고목이 빈민을 위해서 사용되어야 한다고 요구

한다.

　오각하의 방문을 배경으로 하여 박거복의 집에서 생겨나는 이들의 갈등은 당대 사회의 상황을 압축적으로 제시하고 있으며, 당대 사회에서 벌어지고 있는 일제 잔재 청산의 기대와 기득권 보호 기대의 충돌 현상을 명료하게 보여주고 있다. 그를 통해 함세덕은, 그 충돌이 어떠한 방식으로 해결되어야 하는가에 대한 전망을 구체화하고 있다.

1) 지주계급의 반민중적 자세와 그들의 위기의식

　박거복은 그 마을의 대지주이자 애국당의 재정부장이다. 그는 "돈을 저 철괘에다 모는 것, 그리구 그 돈을 꺼내어 땅을 사는 것, 사실 그 밖에 낙이라는 건 없다." 그의 이기적 성격은 전재민(戰災民)인 처남 일가가 아사 상태에 이르렀음에도 전혀 도와주지 않은 것에서도 단적으로 드러난다. 그는 미군정기를 큰 위험이 도사리고 있는 혼돈의 시대로 본다. 특히 토지의 재분배를 요구하는 소작인들의 행동과 그에 따른 태도의 변화는 그에게 있어서 가장 심각한 위협이다.

> 거　복 : (웃음의 소리처럼) 빈손으루 왔냐 말이야. 느 아범이 올 땐 으례 씨암탉이나 계란꾸러미 아니문 수수엿을 과가지구 왔었는데, 네가 논을 맡게 되구부턴 너무두 섭섭하니 말이다.

막봉이 : 원 쥔 어른께서두…… 아, 지금이 어느 세상인
데 닭을 잡구, 엿을 과온단 말이예요?
거　복 : (너무도 당돌한 소리에 당황했으나 다시 위엄
을 가추고) 어느 세상이라니?

　박거복은 "작인들의 입에서 이런 태연하고 자신만만한 대답
이 나오"는 것이 "아무리 생각해두 해괴"하기만 하다. 박거복
의 입장에서는 최근에 미군정이 실시한 '3·7제 소작료'에서
도 자신이 많은 손해를 보았다는 생각이 드는 데, 소작인들은
더 많은 것을 요구하고 있어서이다. 그것이 북조선에서 실시
한 토지개혁의 영향임을 알고 있기 때문에 그는 더 큰 위기의
식을 느끼게 된다. 1946년 초에 이미 김일성을 위원장으로 하
는 북조선 임시 인민위원회를 성립시킨 38도선 이북에서는,
"일본인 소유 토지와 5정보 이상의 소유지·소작지 등을 무상
몰수해서 무상 분배하는 토지개혁이 실시"[56]되었다. 북한의 토
지개혁은 국내 신문에 자세히 보도되어 농민들의 토지개혁 요
구를 강화시켰고 전농의 토지개혁 법안, 민전의 토지정책 등
을 통해 한국 농지개혁을 촉진하는 역할을 하였다.[57]
　박거복은 자신의 토지를 앗아가려는 어떠한 계획에도 절대
로 동의할 수 없다. 왜냐하면 자신이 보유하고 있는 토지를 자
신의 정당한 노력의 대가로 마련한 재산이라고 믿어서이다.

거복 : 응? 뺏기는 놈은 누구냐 말이야? 우리집 땅이 어
       떤 땅인지나 알구 그따위 소릴 해? 할아버님께
       서, 한국시대 수세관으루 계실 때부터 장만하신
       땅이야. 딴 사람들은 거지반 동척한테 뺏기거나
       팔아먹었지만, 우리 아버님은 오줌두 맛보구 진
       국여야만 사셨어. 남이 전기 킬 때 등잔 키시구,
       남이 고기 먹을 때 새우젓 자시구 지켜 오신 땅
       이야. 그걸 내가 또다시 물려받아서 이십이 년째
       전당포를 해오면서 늘린 땅이야. 그 땅 늘리는데
       동네놈들한테 악담은 좀 들은 줄 알어? 저주소린
       좀 들은 줄 알어?

　일제의 비호를 받지 않고서는 토지를 늘려나가기 어려웠던 식민지 경제 구조를 고려해 볼 때 박거복의 주장은 타당성을 얻지 못한다. 그 역시 "앞뒷집이서 부랄 부뜰구 가치 자라난 친구"의 재산까지도 강탈하면서 재산을 모았던 것이다. 자신의 재산을 지키기 위해 발버둥치는 박거복에게서 우리는 미군 정기하 지주들의 전형적 모습을 발견할 수 있다.

　그러한 위기의식으로부터 벗어나기 위해, 그는 당대의 실력자인 오각하에게 접근하려 한다. 그가 오각하를 신봉하는 이유는 정치·사상적 동질감 때문이 아니라, 당대의 정치가들 중에서 자신의 재산을 지켜줄 수 있는 유일한 인물로 파악했기 때문이다. 그 반대로 공산당은 자신의 재물을 빼앗아 가려

는 집단이기 때문에 타도해야 할 대상이 된다. 그에게 있어서 자신의 기득권을 포기해야 한다는 사실은 있을 수가 없는 일이다. 그러기에 그는 오각하에게 충성을 다함으로써 좀더 확고히 자신의 기득권을 보장받고자 하고, '남조선에 단독정부'가 빨리 수립되어 자신의 재산이 보호 받을 수 있기를 바라고 있다.

> 거복 : 그렇게 되면 공산당패에서 '땅을 농민에게' 소릴 감히 해? 당장 잡아다 물고를 낼 테야.(점점 흥분해 온다) 땅은 절대루 작인들한테 뺏길 염려 없어. 집두 뺏길 염려 없구. 은행예금두 뺏길 염려 없어. 뺏기긴 커녕 일본놈들 두구간 땅, 신한공사에 얘기해서 떠맡아 가지구 지금보담 곱은 늘릴 수 있어. 소작료 '많네' 하구 군소리 하는 놈들은 이루 사정없이 무 줄거리 찔르듯 떡떡 처비리구 쌀은 종전대루 또박또박 받아서 저 곡간 속에다 가득히 싸놓구 다리 뻗구 살 수 있어. 그렇게 되면 서울 가 있는 수정이가 대학을 졸업하구 내려오는 대루, 이 집하구 땅을 물려주구 난 맘턱 놓구 나라를 위해서 일할 수 있어. 공산당 부란당패들한테 손톱 하나 까닥이지 못하게 하구 고스란히 큰애 한테 물려줄 수 있어. 수정이꺼정 가면 사대째야. 할아버님부터 사대째야. (감격하야 눈시울이 시큰해진다)

자신의 재산이 온전히 보존될 수 있다는 희망에 "감격하야 눈시울이 시큰해진" 박거복의 모습은 일제강점기를 거쳐서, 미군정기에 이르기까지 재주껏 자신의 재산을 늘려온 지주들의 반민중적 속성을 여지없이 드러내 보이고 있다. 편향된 자기 중심적 사고에 철저하게 갇혀 있으면서 이기주의로 뒤범벅되어 있고, 자신의 재산을 지키기 위해서는 정치권력까지도 동원하는 그들이다.

농민들의 간절한 바람에도 불구하고 지주계급의 이러한 반민중적 행동으로 인해, 미군정의 토지정책은 한국인 지주 소유 토지를 포함한 농지의 개혁을 회피 지연시키고, 이로 인하여 사실상 개혁 대상이 되었어야 할 토지의 상당 부분을 제외시키는 결과를 초래하게 만들었다.[58] 그런 점에서 볼 때, 함세덕은 당대 지주들의 반민중적 속성을 날카롭게 파악하고 있었음을 알 수 있고, 박거복을 통해 보이는 지주들의 반민중적 속성의 구체화는 당대 농민문학에서도 찾아보기 힘든 뛰어난 성과이다.

2) 정치세력과 지주계급의 대응

당대 정치권의 핵심인물인 오각하[59]의 방문은 마을 유지들의 절대적 환영을 받는다. 오각하야 말로 자신들의 기득권을 보호해줄 유일한 인물이기 때문이다. 그렇지만 그 마을의 소작인들도 오각하를 기다리고 있다. 그것은 토지개혁에 대한 새로운 소식을 들을 수 있을 것이라는 기대를 품고 있어서 이다.

> 막봉이 : 그것때문에 우정 오각하께서 서울서 오시는
>   게 아니에요? 쥔 어른은 아직두 세상이 어떻게
>   돌아가는 줄 몰르시구 녜전 생각만 하구 계세
>   요. 오늘 대회석상에서 재판소 판결 내리듯,
>   각하께서 딱 판결을 내리실 거예요.

소작인에게 있어서 가장 큰 바람은 자신 소유의 경작지를 가지는 일이다. 해방이 되고 사회가 새로운 질서 체계로 개편 되는 시기를 맞아, 소작인들이 토지개혁을 통해 농지 분배를 요구하는 것은 당연한 현상이라 하겠다. 더구나 북한에서 행해 진 토지개혁에 대한 소식을 접하고 있었으므로, 그 기대는 더 욱 더 컸을 것이다. 그러나 그들의 기대는 여지없이 깨어진다.

> 초 국 : 그래 땅 얘긴 뭐라구 하시든가?
> 맹첨지 : 노나는 주되 돈을 받구서 노나 준다구 하십디다.
> 막봉이 : (뱉는 듯이) 도조 바치구, 세금 내구, 이것저것
>   제하구 나문 타작마당에 쌀 한 톨 구경하기가
>   고작인데 무슨 놈의 돈으루 땅을 사란 말이야?
> 맹첨지 : 그러니까 일년에 얼마씩 꺼가라는 거지.
> 막봉이 : (디리대며) 아, 이놈의 첨지야, 이때까지 빚에
>   두 목이 안 돌아갈 지경인데 거기다 또 빚을

지란 말이야? 빚 때문에 누이동생년꺼정 팔아 먹었어. 딸 팔아서 사란 말이야, 아들을 팔아 사란 말이야?

막봉이의 실망은 바로 전체 소작인들의 실망이다. "여기두 바람이 한번 혹 불기 전에야 우리들 없는 사람들이란 일생 가두 도르래미타불이지."라는 생각이나, "예전하구 똑같다문야, 기쓰구 독립할 게 뭐예요?"라는 의문은 당대 정치세력의 반민중적 속성을 정확히 지적해 낸 것이다.

미군정 토지정책의 기본성격은 한국사회의 급진적 변혁을 지향하는 세력을 배제하면서 지주계급이 소유한 부와 미국원조를 기반으로 대미의존적 경제기구를 창출해가는 주요 계기였으며, '한국정부 수립 후의 농지개혁의 선구'가 되었다고 할 수 있다. 그러나 귀속농지분배의 대가를, 15년간의 장기분할상환이긴 하지만 평년작의 3배로 규정하여 소작인의 부담을 무겁게 한 것은 지주의 이익을 옹호하여 이들의 산업자본가로의 전환을 보증하는 측면도 동시에 있었음을 부정할 수 없다.[60]

오각하에게는 민중들을 위한 토지개혁 정책이란 처음부터 없었다. 오각하의 관심은 자신의 정권을 튼튼하게 만들어줄 정치자금을 제공할 수 있는 지주들에게 있었던 것이다. 앞에서 언급하였듯이 일제치하에서 지주들이란 대부분이 친일 인사들이다. 그러므로 오각하는 "우리 조선의 가장 큰 죄인인 친

일파, 민족반역자까지두 다 함께 손을 잡구 나가자"는 식의 주
장으로 그들의 환심을 사려 한다.

> 거복 : 삼팔선 이북은 이북대로 내버려 두구 우리 남조
>   선만이라두 정부를 세워야겠다구 하시는 거야.
>   공산당놈들은 그렇게 되면 남선에선 자라 목아
>   지처럼 숙 들어가구 말게야. 인민위원회니 농민
>   조합이니 맹글어가지구, 지긋지긋이두 우릴 못
>   살게 굴드니 이젠 앓든 이 빠지듯 시원하게 됐
>   어, 우리가 미국사람한테서 정권을 맡게 되면 대
>   신, 국장으로 부터 지방의 경찰서장, 역장, 허다
>   못해 동회총대까지두 우리 편에서 할 작정이야.

여기서 우리는, 지주들과 정치세력이 어떠한 목적으로 결탁
하고 있는지를 잘 알 수 있다. 그들에게서 조국의 내일에 대한
진지한 고민은 찾아볼 길이 없으며, 오직 자신들이 누리고 있
는 기득권을 유지·보호하는 데에만 급급하고 있다.

그러면, 마을 유지들과 오각하는 어떠한 관계인가? 오각하
의 행동과 마찬가지로, 지주들에게 있어서도 오각하는 거래의
대상일 뿐이다. 그들은 당대에 팽배하고 있는 민중들의 토지
개혁 욕구를 꺾어낼 수 있는 절대적 힘이 필요했고, 오각하만
이 그들에게 그것을 약속할 수 있는 인물이었기 때문이다. 그
러므로 오각하와의 거래는 필연적인 것이다. 오각하에게 필요

한 것은 돈이고, 그들이 필요로 한 것은 권력의 울타리였다.

이러한 거래 관계에서는 사상이나 의리 보다 자신들의 이해
가 앞설 수밖에 없다. 그 이해관계 때문에 박거복은 '고쓰가
이'[小使] 출신이라며 경멸해마지 않던 오관수(돌쇠)에게 재정
부장 자리를 빼앗기고 만다. 오각하에게 고목나무로 만든 화
로, 장기판을 기증하고 이득을 취해보려던 박거복의 계획은,
정치자금만을 탐내고 있는 오각하에 의해 여지없이 깨어지고
만 것이다. 수국의 공격에도 불구하고 오각하에 대한 미련을
버리지 못하던 박거복은 자신이 재정 부장에서 탈락되었음을

확인하자, "비오는 밤 묘지길에서 도깨비를 만나듯, 말뚝처럼 그대로 뻣뻣"해지고 만다. 그 순간, 박거복은 재빨리 기부 신청을 철회해버리는 행위를 서슴지 않는다. 자신에게 아무런 이득을 제공하지 못하는 일에 고목을 바칠 이유가 없기 때문이다.

> 거복 : 서로들 한몫 보자는 판에 인격이 무슨 개 말라빠
> 진 인격이야?(하고 목사의 벗어 논 중산모를 주
> 먹으로 내리친다) 현금 기부 안한다구 한마디 의
> 논도 없이 사람을 미끄러뜨리고, 돈 많이 기부했
> 다구 령사관 고쓰가이질 하든 놈을 모셔다 앉히
> 는 게 당신들 인격이요.

박거복 자신을 비롯하여, 해방정국의 어수선한 틈을 타서 기회를 잡으려던 '애국독립당' 관계자들의 본질이 여지없이 드러나고 만다. 그때까지 억지로 지켜오던 예절을 버리고, '무례하게도' 목사의 모자를 주먹으로 내리치면서 흥분하고 있는 박거복의 모습이 모든 것을 말해주고 있다. 국민을 위한다는 그들의 말은 모두가 허위이며, 더 많은 이득을 얻기 위해서는 그들끼리도 서로 싸워야 하는 모순투성이의 현실을 비판 한 것이다. 이해관계에 얽혀 지도자를 선택하려는 그들의 행동은 마침내 딸에게까지 공격을 받게 된다.

수국 : 마루하구 양실을 구별 못하시구, 보료하구 주당
　　　을 구별 못하시는, 조선 사정에 서툴은 양반을,
　　　일본놈들 새 명당 메듯 왓쇼이 왓쇼이 하고 치켜
　　　들구 벼슬이나 한자리 얻어 볼까 하구 눈이 벌개
　　　서 쫓아댕기는 아버지 같은 양반이 진짜 멍추예요.

당대 민족현실에 대해 올바르게 알지 못하는, 무지한 인물
이 지도자일 수는 없다는 말이다. 친딸에 의해 그들의 행위가
비판되기에 더 큰 의미를 가진다. 당대에 있어서 진정한 지도
자는 어떠한 인물이어야 하는가. 그들은 "대중의 손이되고 발
이 되는 분"을 원하고 있다. 민중의 이익과 행복을 위해 싸워
줄 수 있는 인물이 지도가가 되기를 원하고 있는 것이다.

이러한 점은 〈고목〉이 발표될 당시의 상황을 고려한다면,
대단히 중요한 의미를 지닌다. 〈고목〉에는 시간적 배경이 구
체적으로 표시되어 있지는 않지만, 극중의 '역사적 시간'
(historical time)이 1946년 여름경임은 쉽게 알 수 있다. 작품에
'조선정판사 위폐사건'(1946년 5월)을 지칭하는 대화가 나오고,
북한에서 실시된 토지개혁이 언급되고 있는 점으로 미루어볼
때 1946년의 여름이 분명해진다. 1946년 여름에 분단이 장기
화될 조짐이 나타난다. 제1차 미소공동위원회가 결렬된(1946년
5월 9일) 직후, 이승만은 소위 '정읍발언'(1946년 6월 3일)을 통해
"남쪽만이라도 임시정부나 혹은 위원회 같은 것을 조직하여

38선 이북에서 소련이 철퇴하도록 세계공론에 호소하여야 할 것이다."[61] 하여 남한 단독정부 수립운동을 제기하였다. 그것은 "미·소 양군이 분할 점령이 현실적 조건이 된 위에 외세에 편승한 정치 세력의 책동에 의해 분단국가가 성립"[62] 되는 서막이었다. 이러한 시기에 통일을 열망하는 민중들의 바람을 외면한 채 정권 획득을 위해 수단 방법을 가리지 않고 있는 당대 정치인들과 지주계급의 부도덕한 결탁을 날카롭게 비판한 것은 대단히 주목할 만한 성과라 하겠다.

3) 연대(連帶)에 의한 개혁 시도

<고목>에서의 '표면적 사건'은 고목의 처리를 둘러싸고 발생한다. 그 고목은 그 "고을의 자라온 력사"일 뿐 아니라, "이조 오백 년의 력사"로 받아들여질 만큼 웅장한 자태를 자랑하고 있는 섯으로 박거복이 신주 모시듯이 아끼는 나무이다. 그 나무의 처리를 두고 박거복의 입장과 영팔·하동정의 입장이 대립된다. 전재민으로서 비참한 삶을 살고 있던 영팔은, 그 나무로 가구를 짜서 그들이 자립할 수 있는 밑천으로 삼으려고 한다. 그러나 나무 값으로 삼천 원을 지불하겠다며 양도를 부탁하는 영팔의 제안을 박거복은 단호히 거절한다. 그뿐만 아니라 수재의연품으로 기부해달라는 하동정의 제안도 거부한다.

거절하는 명분은 "할아버님께서 돌아가실 때 나라를 위해서 유익히 쓰두룩하라고 아버님께 유언"을 남기셨기 때문이다.

하지만, 박거복의 속셈은 오각하에게 "나무를 삼분해서 밑둥은 화로를 맹글구, 가운데는 바둑판을 맹글구, 웃뚜머리하구 가장군 장기를 맹글어서 각하의 사랑에다 헌납"하여, 자신의 기득권을 보호받을 수 있는 수단을 확보하려 한다. 그러므로 고목은 박거복에게 있어서 무엇과도 바꿀 수 없는 중요한 것이다. 그가 믿었던 오각하에게 배신을 당하자, 재빨리 고목의 기증건을 철회해버리는 사실에서도 고목에 대한 애착을 잘 알 수 있다.

그러나 그토록 아끼는 고목을 내어놓을 수밖에 없게 된다. 그를 굴복시킨 것은 다름 아닌 민중의 연대에서 얻어진 힘이다. 박거복은 홧김에 농담으로 고목을 동리청년단에 기부한다고 하였다가, 곧바로 그 말을 철회하고자 한다. 그러자 언제나 그에게 순종적이던 딸과 아내, 그리고 노모까지 나서서, 기부를 해야 한다고 주장한다.

> 처　　：그러니 땅두 못 주구 벼슬두 못 줄 바에야 이
> 　　　　나무라두 주두룩 헙시다.
>
> 노　모：나라를 위하는 거란 너같이 꼭 벼슬짜리 얻어
> 　　　　할려구 쓰는 거만이라드냐? (중략) 갈려거든
> 　　　　내 눈앞에서 떳떳이 사내답게 내주구 가거라.
>
> 수　국：다 썩어빠진 나무 하날 가지구, 나라를 위하면

얼마나 위한단 말이에요? 곤경에 빠진 동포를
구하는 것두 훌륭히 나라를 위하는 길이에요.

맹첨지 : 저야 쥔 어른께 무슨 엿쭐 말씀이 있겠습니까.
그저 저두 수해 구제두 나라를 위하는 일이란
거에 똑같은 생각이란 말이지요.백성이 있어
야, 나라두 있다구 우리 같은 사람 다 죽구 무
슨 나라구 독립이구 있겠어요?

초 국 : 그렇게 고집피지 말구 내주구 나가게.

혈연관계에 의하여, 혹은 주종 관계에 의하여 박거복의 주
위에 머물고 있던 사람들이 모두 그의 반대편에 선 것이다. 민
중들의 기대와 동떨어진 오각하의 연설을 계기로 하여, 당대
징치 세력의 잘잘못을 깨달았기 때문에 그들 모두가 박거복의
결심을 촉구하게 된 것이다. 박거복은 더 이상 피할 길이 없게
되었다. 그러한 사실을 느끼는 순간 박거복은 '생리적 불안과
공포감'에 사로잡힌다. 그 공포감은 자신의 재산을 안전하게
지켜줄 수 있는 세상이 더 이상 아니라는 사실을 깨달으면서
생긴 것이다. 자신을 제외하고는 모두가 연대하여 그에게 대
항해오자, 더 이상 버틸 수 있는 힘이 없어진다. 결국 그는 굴
복 하고 만다.

거복 : ……공산당에선 내 땅두 이렇게 뺏아갈 거야
　　　……. 오늘 같은 똑같은 방법으루, 할아버님때부
　　　터 내려오는 이천 석지길 뺏어갈거야……. 나를
　　　막다른 골목에다 몰아너 놓구 꼼짝달싹두 못하
　　　게 칭칭 얽어 놓구……. 내, 이, 이천석지길 송두
　　　리째 뺏어갈거야……

　고목에 대한 박거복의 집착을 생각하면 그들이 완전한 승리를 거두었다고 말해도 좋겠다. 여기서 '민중들의 연대'에 의해서만 당대의 문제들이 해결된다고 믿고 있는 함세덕의 생각을 읽을 수 있다. 각자가 개인적 차원의 이익만을 생각하고 있을 때는 가진자들의 힘을 결코 이길 수 없지만, 그것을 극복하고 민중연대만 이루어진다면 대단한 힘을 발휘할 수 있다는 사실을 보여준 것이다.

　그리고 <고목>이 더욱 빛날 수 있는 것은 민중의 승리를 예감케 하면서도 가진 자들에 대한 경계심을 늦추지 않고 있다는 것이다. 다시 말하자면 '근거 없는 낙관주의'를 경계하고 있는 것이다. 아끼던 고목을 내어주었으므로 현재 상황에서는 패배를 인정할 수밖에 없지만, 박거복이 완전히 굴복한 것은 결코 아니다. 고목을 내어준 것을 제외하고는 그의 태도가 달라진 것은 아무것도 없다. 방으로 들어가 문을 꼭꼭 잠그는 그의 행위는 변화하고 있는 현실에 대한 거부감을 단적으로 나타낸 것이다. 동네 사람들이 모두 모여 고목을 베어내면서 기쁨을 노래하고 있을 때, "방에서는 도끼에 자신의 근골(筋骨)을 찍히는 듯한 박거복의 비통한 신음소래가 들려"오는 것이 그 점을 확인시켜 준다. 모두가 한마음으로 뭉친 힘찬 세상을 박거복이 끝끝내 거부하는 모습은 친일 인사들이 구축해놓은 세계가 얼마나 견고한 것인가를 잘 보여준다. 해방 이후의 지주들이 어떠한 방법으로 자신의 기득권을 유지해갔는가를 생각해 볼 때 박거복의 개과천선을 거부한 함세덕의 현실인식이 얼마나 뛰어난 것인가를 잘 알 수 있다.

1.2. 당대적 삶을 구체화하는 공연기법

<고목>에는 미군징기하에서 벌이지고 있는 지주 계급과 소작인 간의 갈등, 지주계급과 정치세력의 결탁이 잘 나타나 있다. 그러나 <고목>이 당대의 여러 희곡 중에서도 뛰어난 성과를 거둔 작품으로 꼽힐 수 있는 것은 뛰어난 현실인식 때문이 아니라 그 내용이 탁월한 극작술에 힘입어 구체화되어 있다는 점이다. 희곡은 공연을 통해서 완성되므로 좋은 희곡은 무대화에 대한 고려를 충분히 하고 있어야 한다. 극작가를 비롯한 연극인들은 관객의 관심을 사로잡고 필요한 만큼 이를 유지시키는 것이 가장 중요한 것이다. 이 근본 목표가 성취되었을 때

비로소 보다 고상하고 야심 있는 의도(작품의 주제)들이 이행될 수 있다.[63] 그러기 위해서는 극의 단조로움을 극복해야 하고, 극 진행에도 부단한 변화가 필요하다. 일제강점 시절부터 인정받고 있던 함세덕의 뛰어난 극작술은 <고목>에서도 마음껏 발휘되고 있다. 특히 우리의 관심을 끄는 것은 등장인물의 탁월한 형상화와 장면전환의 치밀함이다.

먼저 등장인물의 형상화 방법에 대하여 살펴보기로 하자. <고목>에는 많은 인물들이 등장하고 있는데, 박거복과 하동정을 중심인물로 볼 수 있을 것이다.[64] 함세덕은 이 중심인물들에 대해서는 '간접 성격묘사'(indirekte Charakteristik) 방식을 사용하고 있고, 그 외의 주변 인물들은 '직접 성격묘사'(direkte Charakteristik) 방식을 사용하여 효과를 거두고 있다.[65] 주변 인물들은 등장인물들의 성격에 알맞은 외양묘사와 상황부여로 유형적인물의 특징을 이용하고 있다. 가령 군수 윤서곤과 같은 인물은 "모닝그 바지"입고 "다년의 축농증으로 늘 킁킁"거리는 버릇을 가지고 있는 인물로 설정하여, 관객들이 손쉽게 그의 기회주의적 속성을 파악할 수 있도록 한 것이다. 이러한 인물 설정은 관객들에게 등장인물의 성격을 이해시키는 데 필요한 시간을 많이 절약시킴으로써 극 전개가 효과적으로 되도록 하게 한다. 그렇지만 중심인물인 박거복과 하동정까지 '직접 성격묘사'로 나타낸다면, 극이 도식적으로 되기 쉬우며 무미건조해지기가 쉽다. 이를 피해 함세덕은 그들의 행동방식을 통해 관객들이 성격을 파악할 수 있도록 하였다.

박거복의 성격은 매제를 도와주지 않는 것과 하동정과의 말다툼, 오각하에게 바치기 위해 직접 수를 놓고 있는 장면들을 통해 그가 이기적이며 편향된 사고를 가지고 있고, 권력지향적 인물이라는 것이 점차 파악된다. 그의 성격은 1막이 끝날 즈음에는 확고하게 관객에게 인식이 되며, 당대지주들의 전형에 이르고 있다. 하동정은 <고목>에서 긍정적 인물의 역할인데 개인적인 이득에 유혹되지 않고, 민중을 위해 봉사하고자 하는 그의 장점이 박거복과의 대립관계에서 분명해진다. 긍정적 인물을 그릴 때 흔히 나타나는 '과도한 동기부여'(over motivation)를 철저히 배제한 이러한 방식은 단연 돋보이는 것이다. 이처럼 뛰어난 인물설정은 "관객은 짧은 시간 안에 여러 형상인물의 독특한 개성을 분간, 파악할 수 있어야 한다."[66]는 극작의 기본조건을 충분히 민족시켜 주고 있다. 연극이 인간의 삶을 다루고, 그것을 관객에게 보여주는 것임을 생각할 때 등장인물들의 모습을 이렇게 생생하게 형상화해내었다는 것은 대단히 중요한 성과라고 하지 않을 수 없다.

연극은 공연시간이 한정되어 있어서 극의 중요한 사건들을 모두 가시적인 장면으로 처리할 수가 없다. 또 공간적으로 따로 떨어져 있는 인물들이 동시적으로 행하는 행동을 한꺼번에 보여주는 일이 쉽지가 않다. 더구나 사실적 표현의 무대극에서는 극중 배경을 전환시키는 것도 그렇게 용이하지 않다. 물론 막간(幕間)을 이용해서 무대를 전환할 수는 있지만, 회전무대가 준비되지 않고는 시간이 많이 걸려서 비효과적인 공연이 되기 쉽다. <고목>에서는 박거복의 집 말고도 오각하의 환영식장이 대단히 중요한 극중 장소이다. 만약에 <고목>에서 오각하의 환영식장을 직접 무대화하려 시도한다면, 대단히 번거로울 뿐만 아니라. 제대로 된 공연효과를 올리기 어려울 것이다. 함세덕은 오각하의 환영회에 대해서는 박거복의 '담장 넘어 보기'로 처리하고 있다.[67]

> 이때 대회장 쪽에서 천지가 진동할 듯한 만세소래와 박수소래. 오각하가 등장하셨나 보다. 거복, 나무를 타고 올라간다. 미끄러진다. 다시 올라간다. 미끄러진다. 뒤꼍으로 가드니 사닥다리를 미고 나와 나무에 걸고 쏜살같이 올라간다. 멀리 대회장을 응시하며 손에 땀을 쥔 채 침을 꿀꺽꿀꺽 삼킨다. 군중의 박수소래와 "옳소" 소래가 들려오면 자기도 신바람이 나는 듯이 호응하야 박수를 치고 "옳소"를 절규한다.

이러한 모습은 대회장의 분위기를 전달하는 데 충분한 효과를 가진다. 더욱이 박거복의 흥분하는 모습에서 그가 환영회에 참석 못한 것에 대해 얼마나 안타깝게 생각하고 있는 것인가를 느끼게 하고, 그로 인하여 오각하에 대하여 그가 얼마나 큰 기대를 가지고 있는가를 알게 해주는 효과까지 가지고 있다.

다음에는 장면전환과 그 연결에 대해 알아보기로 하자. 한 편의 연극은 무수히 많은 '장면'과 '장면'의 연결로 이루어진다. 그 연결이 자연스럽지 못하다면 무대화에 많은 어려움이 따를 뿐 아니라, 관객의 흥미를 놓치기 쉽다. 그러나 함세덕은 각각의 장면이 연결됨에 있어서 치밀한 계산을 통해 극적 비약을 없애서, 어색함이나 개연성을 상실하지 않게 하고 있다. 방금 예로 들었던 장면을 생각해보자. 박거복이 나무 위에 올라가서 환영회장을 바라보면서 흥분을 하고 있는 동안에 그의 친구인 벌목군 초국이 들어온다. 초국은 박거복을 만나러 왔기 때문에 당연히 나무 위에 있는 그를 불러 내리게 된다. 함세덕은 이러한 장면을 처리함에 있어서 단순히 초국이 박거복을 불러 내리는 것으로 처리하지 않고 있다.

초국은 박거복이 나무 위에 올라앉아 자신이 부르는 소리도 듣지 못한 채, 먼 곳을 보면서 '옳소'를 외치고 있는 모습을 보고 그가 실성한 것으로 착각한다. 실성한 사람은 똥자루를 보면 정신이 든다는 속설을 생각을 해내고는, 똥을 나무에 묻혀 와서 박거복의 코 밑에 들이댄다. 이러한 장면의 처리는 극적으로도 재미가 있어서 관객의 흥미를 유발시키고 있을 뿐만 아니라, 박거복의 행위 자체를 미친 것으로 취급하여 비판을 가하는 방법으로도 효과가 있다. 이처럼 뛰어난 극작술이 곳곳에서 빛을 발하고 있는데, 하나의 막을 종결시키는 데 있어서도 함세덕은 계산된 효과를 노리고 있다.

　1막의 마지막 부분에서는 박거복을 비롯하여 막봉이, 처, 노모 등등, 무대 위에 등장해 있는 모든 인물들이 오각하를 기다리며 가슴 설레고 있다. 그때 오각하가 박거복의 집 앞을 지나간다. 그러자 박거복이 "기둥에 꽂혔든 태극기를 들고 문전으로 달려가 행렬을 향하야 목이 찢어져라고 만세"를 부르는 장면으로 1막이 끝이 난다. 이러한 끝막음은 박거복이 오각하에게 걸고 있는 기대를 잘 보여준다.

　이에 비해 2막의 결말 부분은 박거복의 행위를 비난함과 동시에 그의 앞길이 어려워질 것임을 예감케 하고 있다. 박거복은 자신의 힘으로 고목을 베면서 앞날에 대한 희망에 부푼다. 그 장면에서 난데없이 '빵'하는 소리가 들린다. 그 소리를 공산당의 폭탄 테러로 착각한 박거복은 장독대로 도망가 숨을 곳을 찾으려고 난리법석을 부린다. 그 소리는 다름이 아닌 옥수수를 튀기는 소리였음이 밝혀지고, 박거복은 '옥수수 투기는 사나이'에게 화풀이를 하는 장면으로 끝이 난다. 이 장면은 박거복이 평상시에 공산당에 대해서 얼마만한 공포감을 가지고 있는가를 잘 알려줄 뿐만 아니라, 박거복이 가지고 있는 꿈이 얼마나 허황한 것인가를 비판하는 역할을 한다. 그리고 관객으로 보아서도 웃음 속에서 새로운 막을 기다릴 수 있기 때문에 대단히 유용한, 뛰어난 장면이다. 여기서 우리는 함세덕의 탁월한 감각과 극작술을 잘 알 수 있다.

　광복직후, 일제잔재의 청산과 민주국가 건설에 대한 기대를

담은 <황혼>(송영), <닭싸움>(이기영), <그날은 오다>(김송) 등의
작품이 주요인물의 장황한 설교조 대사로 극의 중요한 전환점
을 마련한 것에 비하면, 한세덕의 극작술이 어떠한 위치에 올
라 있는가를 쉽게 짐작할 수 있다. 이처럼 탁월한 극작술에 힘
입어 <고목>은 미군정기하에서 지주계급과 정치세력의 결탁
을 생생하게 보여주면서, 그 극복의 방안을 무리 없이 관객에
게 제시하고 있는 것이다.

1.3. <고목>과 광복직후 리얼리즘극

　광복직후 당의 이름으로 발표된 「조선민족문화 건설의 노선」
에서는, 모든 예술창작이 진보적 리얼리즘과 혁명적 로맨티시
슴을 기소로 하시 않으면 안 된다고 못 박음으로시 칭직방법
의 기본방향을 정했다.[68] 새로운 창작방법론은 김남천이 발표
한 「새로운 창작방법론에 관하여」를 통해 보다 구체화되었
다.[69] 그러나 미군정기하의 정치적 상황은 새로운 창작방법론
이 구체화될 수 있는 여유를 주지 않았다. 좀 더 냉정하게 생
각해 본다면, 미소군정기하에서 특히 미군정기하에서의 창작
방법론으로 진보적 리얼리즘과 혁명적 로맨티시즘을 주장한
것은 당대의 상황에 대한 오판 때문이었다고 말할 수 있겠다.
여러 갈래의 이해관계에 따라 첨예한 대립을 거듭하고 있던

당대적 상황에 적극적으로 대응하기에는 융통성이 부족한 창작방법론이었던 것이다. 그런 점에서 함세덕의 <고목>은 미군정기하에서 리얼리즘문학의 중요한 수확으로 생각할 수 있겠다.

주지하다시피 엥겔스는 리얼리즘에 대해, '세부의 진실성외에도 전형적 환경에서의 전형적 인물들을 진실하게 재현하는 것'이라 했다. '전형적 환경에서의 전형적 인물들을 진실하게 재현'한다는 것은, 당대사회의 모습을 진실하게 재현한다는 말과 같은 것이다. 여기서 진실성 여부를 파악할 수 있는 근거는 객관적 외면의 충실한 묘사가 아니라 당대인들의 삶을 지배하는 논리의 드러냄이다.

앞에서 살펴보았듯이 <고목>은 그 점에서 가장 큰 성공을 거둔 작품이다. <고목>의 배경이 되는 '남선의 초읍'에는 "쌀값은 자꾸 올라가구, 물간 비싸구, 아버지 버시는 걸론 밀가루 강냉이두 먹기 어려"운 가족이 있는가하면, "해방 후 미국사람한테 잘 뵈서 일본 육군 창고 물품을 불하받어 가지구 한 오백만 원"이나 모은 '령사관 곰보 고스까이'도 살고 있다. 가진자들은 "넓은 통나무를 잘라서 대패질 않구 베껴낸 후 한시와 난초를 파서 문짝을 단 양복장"을 혼수품으로 가져가는 호사를 누리는데 비해, 못가진자들은 살아있는 것보다는 "죽어서 안보는 게 되레 복"일 수 있는 삶을 살아가고 있다. 그들의 삶이 그처럼 빈부의 격차가 심해진 것은 개인 간의 능력 차이에서 비롯된 것이 아니라 미군정기하에서 어떠한 정치세력과 결탁하였나에 따라 달라진 것이기 때문에 문제는 심각한 것이다. 그러한 모순을 내포하고 있기 때문에 양대 계급 간의 대결은 필연적이다. 그러한 상황에서 오각하의 방문을 배경으로 하여 충돌을 일으키는 박거복과 하동정을 비롯한 여러 등장인물들은 당대의 지배계급과 피지배계급의 전형을 확보하고 있다.

<고목>에서 '남선의 어느 초읍'은 단순히 시골 마을에 그치지 않으며, 그 속에서 일어나는 충돌 역시 개인 대 개인의 것으로 끝나지 않고 민족 전체의 문제로 확대되어 진다. 해방 직후의 민족 과제가 정치적으로는 식민지 지배 구조를 완전히 척결하여 자주적인 민주 정권을 수립하는 것이었으며, 경제적으로는 민족 경제를 수립하는 것이었음은 부인할 수 없는 사실이다. 그럼에도 불구하고 정권욕과 계급적 이익이 앞선 일부 세력들이 분할 점령에 편승하여 분단을 고착화하는 데 앞장섰던 당대의 상황이 <고목>에 생생하게 형상화 되어 있다. 민군정기 하에 일어났던 일제 잔재 청산의 기대와 기득권 유지 기대의 충돌을 극명히 보여준 <고목>의 성과는, "한 시대의 사회 구조 내에 존재하는 모순들을 간파하여 진술함으로써 그 모순을 극복하는 데로 나아가게 한다"[70]는 리얼리즘의 보편적 명제를 다시금 확인시켜준 값진 것이라 하겠다.

2. 새로운 이념의 형상화

2.1. 국가 체제와 민족 주체에 대한 재발견

1) 새로운 국가 건설의 방향 드러내기

1940년대 후반기, 즉 광복 후 함세덕의 작품을 그 이전과 비교할 때 가장 두드러지는 변화는 새로운 국가건설의 방향에 대한 확고함이다. 억압에서 해방된 조국의 당면 목표가 당연히 새로운 국가건설에 맞추어 질 수밖에 없다는 점을 고려한다면 그러한 경향이 뜻밖의 경우라고는 할 수 없겠다. 그런데 함세덕이 선택한 방향이 사회주의국가 체제를 향하고 있다는 점에서 많은 이들이 의외로 생각하고 있다. 월북하기 전에 발표한 <고목>[71]은 새로운 국가건설의 방향에 대한 그의 신념이 분명하게 자리하고 있음을 확인시켜주는 대표작이다.

<고목>은 "당대 사회에서 벌어지고 있는 일제 잔재 청산의

기대와 기득권 보호 기대의 충돌 현상"을 보여주면서, "그 충돌이 어떠한 방식으로 해결되어야 하는가에 대한 전망을 구체화"하고 있는 작품이다. <고목>이 발표될 무렵의 남한에서는 이미 좌익계열의 연극 활동이 거의 무너진 어려운 상황이었지만, 함세덕은 단독 정부 수립에 열 올리고 있는 남한의 정치 세력을 풍자하여 비판하는 데에 조금의 거침도 없다. 함세덕의 입장에서는 친일 세력이 다시 발호하는 남한의 정치 상황을 도저히 받아들일 수 없었기 때문에 비판의 수위를 높인 것이다. 광복직후의 조국은 일제강점하의 상황에 비해 긍정적인 방향으로 나아가야 하지만 이승만이 주축이 된 정치 세력에 의해 그 방향이 굴절되어 가고 있다는 생각이겠다. <고목>의 중심인물인 박거복의 발언("땅은 절대루 작인들한테 뺏길 념려 없어. 고스란히 큰애한테 물려줄 수 있어.")을 통해 그 점이 분명하게 드러낸나.

　박거복이 정치인 오각하에게 매달리는 이유는 자신의 재산을 그대로 보존할 수 있다는 기대 때문이다. <고목>에 등장하는 과거의 친일 인물들은 모두가 그러한 욕심을 가지고 있다. 해방 정국에 존재하는 과거 친일 인사들의 부정성이 부각된 이유는 당대 상황에 대한 함세덕의 거부감 때문이겠다. 함세덕은 일제에 의해 왜곡된 모든 현상들이 올바른 기준에 의하여 다시 제 자리를 잡는, 그러한 국가 체제를 바라고 있었다. 그러한 바람을 현실적으로 드러내어 보여준 사례가 바로 토지

문제이다. 그는 남한에서 토지 정책이 올바르게 시행되지 않고 있음을 강조한다. 심지어 박거복의 처조차도 "독립만 되문 나라에서 모두 땅을 노나 준다"는 생각을 가졌다가 전혀 그렇지 않음을 알게 되자, "독립을 하면 뭘 하겠오? 땅두 안노나 준다는데"라며 실망하는 모습을 보인다. 함세덕은 벌목군 초국의 발언을 통해 북한의 토지 개혁 상황을 알려준다.

> 초국 : 허지만 너두 이눔아, 인젠 먹은거 겨눌 날이 왔다. 함경두선 너같은 지주놈들의 땅하구, 일본놈들이 뺏어갓든 땅은, 모주리 몰수해서, 작인들한테 전부 노나줬다. 작인들은 대두한말에 두되가 웃식 현물세를 바치구나선 남어진 떡 해먹구 술 해먹구 자유판매하구 제맘제콩이야. 천지가 뒤바꿨어 이눔아. 개벽을 했어. 느이놈들이 잘 먹구 날뛰든 세상이 뒤바꿨단 말이야.

'경자유전(耕者有田)'의 원칙이 지켜지는 국가 체제에 대한 함세덕의 선호가 그대로 드러나 있다. 그런 점에서 함세덕은 사회주의 국가 체제를 이상적으로 받아들이고 있다고 해야 하겠다. 광복직후 그의 시선은 농민들로 대표되는 이 땅의 민중들을 향하고 있었다. 그들의 소망을 제대로 실현시켜줄 수 있는 체제를 선택하고, 그 체제를 이 땅에서 이루기 위하여 자신의 연극적 능력을 발휘하고자 했던 것이다. 그의 월북도 자신의 지향을 실천하는 적극적 결단에서 비롯되었을 것이다. 그러한 생각은 월북 후의 작품에서도 쉽게 발견된다. 이승만 정권을 강력하게 비판하는 <소위 대통령>, 제주도 빨치산 투쟁을 그린 <산 사람들>에서 남한의 현실은 <고목>과 동일하게 그려진다. 거기에 더하여 남한 사회의 대미종속성을 강조하고 있는 점은 눈여겨 볼 필요가 있다.

> 제곤모 : 그야 그렇지. 허지만 말이다, 그놈의 세금이나
>   좀 적어야지쟈? 도청으로 승격허구 나선 왜정
>   때두 업든 무슨 세 무슨 세가 사흘이 멀다구
>   다. 그것 뿐임다? 리승만이 사진임네, 무슨 기
>   부금 무슨 기부금……. 거기다 특 허문 닭 잡
>   아오너라, 돼지 잡아오너라다.
>
> 을   나 : 거냥 털어가문 도적이야 허구 소리나 질르지
>   않겠우까. 목포나 부산에다 내다팔문 한개 백
>   환씩은 받는걸 공정가격이라구 십환식 내주구
>   있우다.
> 제   곤 : 왜정땐 조합이 구문이나 쳐먹구 있었는데 미국
>   놈들이 들오구나선 한수깔 더 뜨는구나.

제주도 민중들의 피폐한 삶이 한 눈에 들어오고 있다. 이승만 정권과 결탁한 미국에 의해 수탈의 강도가 더 높아지면서

나라를 빼앗겼던 시대보다 더 어려운 삶을 살아가고 있는 것이다. "그 개놈들 같은 친일파 민족반역자 놈들은 사월 팔일 조구 대강이 바시듯 모주리 바서서 업새버렸"으며, "지주놈들의 땅은 모주리 몰수해서 우리들 밭가는 농군들헌테 거냥 노나"(《산 사람들》) 주었다는 북한 체제는 그들에게 있어서 동경의 대상으로 자리하고 있다.

<소위 대통령>에서 이승만은 남한의 좌익 세력이 두려워서 밤잠을 제대로 못 자고 있다. 그는 "트르맨 대통령과 당신들께 충성"을 맹세하며, "동산 부동산 유채 무채를 막론하고 미군이 관심 있는 것은 다 이양해 주기루 한"다. 오직 미국의 무기를 얻어서 남한의 좌익을 척결하고 나아가 북한까지 그의 손아귀에 넣으려는 욕심에서이다. <소위 대통령>과 <산 사람들>에서 함세덕은 '이승만 정권'을 직접 거명하여 부도덕한 미국의 꼭두각시 정권이라고 비판을 가하고 있다. 여기서 함세덕이 월북한 이후에 북한의 정치적 방향을 자신의 것으로 적극 받아들이고 있음을 알 수가 있다. 그의 바람은 남한 사회도 북한처럼 되어야 한다는 데에까지 이르고 있다. <산 사람들>의 경우를 보자.

> 석민 : 동무들 기다리고 기다리든 때는 왔습니다. 한놈 두 노치지 말것 이것이 동무들의 구호가 돼야 할 것입니다. 들어가는 맡으루 무길 점령허시오. 그

래서 즉시루 죽창과 낫 대신 바꿔매시오. 그리구
그자리서 인민위원회를 복구허구 민주개혁을 해
버리시오. 우리의 혈맥엔 백두산 밀림준봉을 지
구허시며 이십년동안 왜적 관동군을 무찔르신
김일성장군의 빨치산의 피가 흘으구 있습니다.
우리는 이 조국에 대한 불타는 애국심과 혁명정
신을 계승해서 우리 강토에서 미제국주의자를
몰아낼 때까지 영웅적으루 싸웁시다.

1948년에 남과 북에서 독자적 정권이 수립되면서 남북은 대
결 국면에 접어들었다. 이 무렵에 함세덕이 <산 사람들>에서
제주도의 4·3항쟁, 즉 "'단독정부 절대 반대'와 '한국의 통일
독립 실현'을 위한 민중무장항쟁"[72]을 그려내고, <소위 대통
령>에서 이승만 정권의 대미 종속성을 강조한 까닭은 남한 정
부 수립의 정당성을 문제 심겠다는 것이겠다. 그는 남한을 미
국의 허수아비 정권으로 그림으로써 상대적으로 북한 체제의
우월성을 강조하고 있다. 새로운 국가 건설에 대한 그의 열망
을 남한에서도 현실화 시키고 싶은 의도 때문이다. 그런 점에
서 보자면, 함세덕의 참전은 "조국에 대한 불타는 애국심과 혁
명정신을 계승해서 우리 강토에서 미제국주의자를 몰아낼 때
까지 영웅적으루 싸"우기를 바랐던 석민(《산 사람들》)의 소망을
현실화 한 것이라 해도 좋을 것이다. 그가 남하하는 인민군을
따라 발 빠르게 서울로 달려온 것도 새로운 국가 건설에 대한

그의 소망을 실현하려는 마음 때문이 아니었을까.

2) 프롤레타리아에 대한 신뢰

1940년대 후반기 함세덕 작품의 또 다른 변화는 민족 주체에 대한 인식의 변화이다. 함세덕은 등단 초기에는 <산허구리>에서 보듯이 민중의 삶에 적극적인 관심을 보였다. 그러나 시대 상황의 악화와 더불어 <동승> 이후 그의 작품에서는 민중의 삶이 사라졌다. 광복 이후의 작품에는 민중이 작품의 주요 인물로 재등장하고 있을 뿐만 아니라, 그들이 계급적 각성을 이룬 인물이라는 점을 주의 깊게 살펴 볼 필요가 있다. 민족 주체에 대한 설정은 함세덕이 새로운 국가 건설의 주체를 어떻게 파악하고 있는가라는 사실과 연관되어 있기 때문이다. <기미년 3월 1일> 이후 대부분의 작품에서 함세덕은 민중 혹은 프롤레타리아에 대한 신뢰를 강조해서 드러내고 있다.

<기미년 3월 1일>은 역사적 사실에 작가의 상상력을 가미하여, 준비 단계에서부터 3·1만세운동의 바로 그 날까지의 전체 과정을 그린 작품이다. 함세덕은 이 작품에서 민족독립선언서를 기초하고 서명한 33인의 노력을 무시하고 있지는 않지만, 그들이 끊임없이 민중의 힘에 의하여 추동 받고 있었음을 강조하고 있다. 즉 3·1만세운동이 몇몇의 민족 지도자에 의해 이루어진 것이 아니라, 조국의 광복을 열망하는 민중들의 희생 위에 이루어진 것임을 널리 알리려는 것이다. 손병희

를 위시한 민족 대표 33인은 나약한 모습을 보이며 때때로 만세운동을 포기하려는 기미까지 드러내지만, 정향현을 위시한 학생들은 굳건한 믿음으로 그들을 추동해내면서 만세운동을 희생적으로 이끌어간다. 그런데 만세운동을 주도한 학생들 대부분이 빈농의 자식들로 설정되어 있음이 눈길을 끈다.

아랫방·마루·웃방을 한일자로 나열시킨 바깥채의 학생들 하숙처만 내어서 진행시키겠다. 물론 담과 대문과 장독대와 세면소가 있을 것이다. 실내도 알려달라 하겠지만 지방서 부급상경한 조선 학생들의 방이란 밧짝 구루마에다 싣고 전당포에 간들 몇 푼을 주랴. 책상에 이불에 땀 배인 샤쓰 몇 벌이 고작이고, 시계가 있다면 지주나 부상의 아들이요, 없다면 소작 반 자작 반의 빈농의 아들이라 생각하면 될 것이니, 여기는 두 방 다 시계가 없다는 것만 알아두라.

제2막의 극중 배경이 되는 강기덕의 방에 대한 설명이다. 의도적으로 그들의 가난을 강조해서 설명하는 까닭은 역사적 변화의 중심에 민중이 있었음을 강조하려는 의도이겠다. 그렇지만 <기미년 3월 1일>에서는 민중들이 프롤레타리아의 계급적 각성에 이르는 모습을 보여주지는 않고 있다. 그 이후에 발표한 <고목>에 가서야 계급적 각성을 수반한 프롤레타리아가 주축이 되고, 그들에 의한 민중 연대가 나타난다. 시간이 흐르면서 함세덕의 작가적 입장이 좀 더 분명해진 것이라 하겠다.

<고목>에서 사리사욕을 채우기 위해 끝까지 자신의 나무를 양보하지 않는 박거복을 굴복 시키는 결정적 힘은 자신의 어머니까지 포함된 프롤레타리아 연대에 의해서이다. 박거복의 노모와 처는 지금까지 누리고 있는 풍족한 삶이 올바르지 않은 방법에 의한 것임을 깨달았으므로 박거복과는 살아가는 길을 달리하게 된다. 가난한 이웃과 함께 하려는 노모와 처의 선택은 계급적 각성의 결과라 하겠는데, 빈부의 차이를 넘어서서 프롤레타리아 연대가 가능함을 보여주었다는 점에서 <고목>은 큰 의미를 지닌다.

● 〈산사람들〉 제4막이 게재된 『문학예술』 1950년 2월호 표지

월북 이후 작품인 <소위 대통령>이나 <산 사람들>은 남한의 각성한 프롤레타리아의 투쟁을 다루고 있기 때문에 프롤레타리아의 연대 의식은 작품의 기본 골격에 완전히 녹아들어 있다. <소위 대통령>에서는 남한의 상황을 극단적인 방식으로 과장해서 부정하고 있다. 미국이 "비행기 내주면 비행기째 이북으로 날러

가버리구 군함 내주면 군함째 넘어가버리"는 상황으로, 그리고 "광주에 유격대가" "국방군허구 합류했"고 "시민들허구 경찰서"까지 점령해버린 상황이라고 설명하고 있다. 남한의 프롤레타리아 연대가 광범위하게 이루어지고 있음을 작품에서 강조함으로써 연대의 중요성을 강조하는 방식이라 하겠다. <산 사람들>에서도 그러한 요소가 발견된다.

> 용철모 : (비통과 분노에 안근(顔筋)이 경련하며 혁명가
> 의 어머니답게 침착히) 우리 용철인 조선인민
> 의 아들이우다. 인민을 위해서 싸우다 죽은거
> 니 한될건없우다. 허지만 한가지 섭섭한건 즈
> 아버지가 형무소에 계셔서 자기 아버지 얼굴
> 두 못보구 죽은것이구 또 하난 밤낮 피신해 댕
> 기느라구 에미 자식 새라구 밥한끼 한상에 가
> 치 못먹구 이렇게 원통히 죽은게 가슴이 매칠
> 따름이우다.

부락의 지도자 김석민을 탈출시키기 위해 토벌군을 엉뚱한 곳으로 유인했다가, 결국에는 발각되어 죽음을 당한 용철을 그의 모친은 개인의 자식이기보다는 '조선인민의 아들'로 받아들인다. 용철모의 모습은 계급적 각성의 전형적 자세를 보여주고 있다. 계급적 각성을 강력하게 드러내는 대사를 관객의 감성을 자극하는 '슬픔의 정조'와 결합시켜 둠으로써 관객

에게 강한 호소력을 행사할 수 있게 하였다. 이것을 통해, 새로운 국가 건설이라는 목표를 수행하는 주축 세력으로서 프롤레타리아 연대는 한 개인이 개인에 머무르지 않고 집단의 일원으로서 자기 역할을 자각하고 실천하는 것이 중요하다는 함세덕의 주장을 드러내고 있다.

프롤레타리아 세력을 새로운 국가 건설의 주체로 인식하는 함세덕은 극작술에서도 주요 인물을 영웅적 품성을 지닌 고귀한 성격의 인물로 설정한다든가, 등장인물의 선악대비를 뚜렷하게 드러내어 강조하는 방식을 사용하고 있다. 풍자극이 아닌 작품에서는 그러한 점이 더욱 두드러지게 나타나는데, <산사람들>에서는 빨치산에 가담하는 주요 인물들에 대한 묘사가 한결같이 고귀한 인물로 나타나고 있다. 그 중 일부만 보기로 하자.

그(부을나)는 20세. 오랜 잠수에 얼굴은 주동색(朱銅色)으로 절었고 가름은 쩍 버러졌으며 목소리는 거치고도 곱다. 동백 기름에 칠같이 윤나는 검은 머리가 숱한 눈썹의 큰 눈에는 남성(南城)여자의 타는 듯한 정열을 담북 담었다.

그(고재곤)는 25세 제주성내 알코르 공장에 십년가까이 다니던 노동자로 전번에 해고된 후 자기 부락에 돌아와서 일을 보고 있다. 얼굴은 사각형이고 용감하고 표한하고 반면 선량하고 자기 희생적인 사람이다.

이때 더러운 욕지거리와 함께 화북(禾北)지서장 오란수와 형사 전병술, 서북청년회 감찰부장 선우기승이 졸도들과 함께 만삭된 해녀 진옥을 끌고 행길로 들어온다. 지서장은 일제 고등계 형사로 신의주서 도주해온 자이고 전형사는 제주도 출신의 전 사법계 형사다. 남조선 경찰이 다 그런거와 같이 놈들도 잔인하고 비겁하고 악랄하고 음험하다. 선우기승은 전문학교 출신의 평북지주의 아들로 추방당하여 온 자이다.

부을나와 고재곤의 인물 설정은 그들에 대한 관객들의 신뢰를 높여주기 위한 것이다. '헌신', '침착', '예지적' 등등의 수사가 동원된 빨치산의 인물 설정은 '비겁', '악랄', '음험' 등등의 수사를 동원해 결점을 두드러지게 묘사한 남한측 인물과 대비되어 긍정적 효과를 더욱 높이게 된다. 계급적 각성을 이룬 인물과 그들을 탄압하는 인물에 대한 함세덕의 묘사는 선/악의 이분법을 그대로 적용한 것이다. 선/악의 이분법적 인물 구도는 관객들로 하여금 극중 상황을 쉽게 이해하게 만들어 작가의 의도를 전달하기 용이하게 한다는 장점이 있다. <고목>이나 <소위 대통령> 같은 풍자극에서는 주동인물을 희화하는 방식을 사용하는데 이 역시 동일 선상에 놓이는 것이다.

<소위 대통령>의 이승만은 "트르맨 대통령께 충성하듯 애리쓰에게두 충성"하고 있지만, 아내에게 "아주 늙은 게 계집애 막난이"라는 소리까지 듣는 인물이다. 미 군사고문관인 로버

트의 저택에서 유엔위원단과 만나 좌충우돌하는 이승만의 모습은 남한의 대통령이라는 신분에 전혀 어울리지 않는 행동과 처신이어서 관객들에게 그를 부정적 인물로 인식되도록 만든다. 극의 마지막에 이승만은 추풍령으로 넘어오던 기차를 유격대가 "습격허구 무기를 전부 탈취해가지구 산으로 다라났다"는 소식에 뇌진탕이 일어나 쓰러지고 만다. 이 광경을 지켜본 소제부(掃除夫)는 그의 앞치마로 바람을 내며 "아이 시원하다"고 말한다. 소제부의 발언은 함세덕의 바람이 직접적으로 무대에 개입한 것이라 해야겠다. 이승만 정권의 부도덕성을 공격하고자 하는 그의 열망을 무대상에 완성시켜주는 인물로 소제부를 택한 것은 프롤레타리아에게 신뢰를 보내고 있는 그의 태도에서 기인한 것이다.

2.2. 공세적 계몽·선전극과 토론의 장면화

새로운 국가 건설의 방향을 설정하고, 그것을 이루는 힘을 프롤레타리아에서 찾은 함세덕은 자신의 선택을 관객과 함께 공유하고자 하였다. 1940년대 후반기 함세덕의 작품이 계몽·선전극의 속성을 그대로 유지하고 있는 까닭도 그러한 그의 의도 때문이다. 함세덕은 이미 일제강점하의 국민연극 시기에 계몽·선전극의 경험을 많이 쌓은 바 있다. "조선문화의 정(正)

한 발전에 역행적 역할을 한 것"(『동승』)이라고 그 스스로 인정했듯이 국민연극 시기에 이루어진 그의 연극 활동은 일제의 식민지 지배 이념을 관객에게 충실하게 전달하는 역할을 하였다. 식민지 지배 정책에 희생을 당하고 있는 관객들의 거부감을 희석시키고, 그들을 제대로 설득하여 친일의 결과를 얻을 수 있도록 함세덕이 연극에서 노력한 결과가 극작술의 발전으로 나타난 것이다.

일제강점하의 국민연극과 광복직후 함세덕 연극은 계몽·선전극이라는 점에서는 동일하지만 작가의 태도 면에서 보자면 상당히 달라진다. 일제강점하의 국민연극이 수세적 계몽·선전극이라면 광복직후 작품들은 공세적 계몽·선전극이기 때문이다. 일제강점하에서 함세덕은 친일극 활동에 종사하였지만, "현재의 사회가 용허(容許)하는 환경 속에서 최대의 성과를 내노록 노력하는 것이 최선인 듯하다"(「우리극난 바새책」)는 다소 수세적 입장을 지니고 있었다. 그러나 해방된 조국은 그에게 자신이 고민하고 선택한 바를 행동으로 옮길 수 있는 기회를 안겨 주었다. 함세덕은 좌익계열 연극 활동에 가담함으로써 자기 선택을 행동으로 옮겼을 뿐만 아니라, 연극의 모든 것을 자신이 선택한 이념을 실천하는 장으로 활용하였다. 공세적 계몽·선전극의 시대를 연 것이다.

여기서 우리가 점검하고 넘어가야 할 사안은 함세덕이 연극 활동을 한 시공간의 문제이다. 1947년 후반기에 월북하기 전

까지 그는 서울에 머물러 있었다. "전 연극인의 9할 이상을 전
취"[73]했다는 「조선프롤레타리아연극동맹」의 주장은 신탁통치
문제가 정국의 핵심 현안으로 떠오른 1946년에 들면서 급속도
로 힘을 잃어 갔다. 그가 남한에 머물러 있었던 기간은 계몽·
선전극이 가장 필요한 시기이면서, 한편으로는 계몽·선전극
이 존재하기에 너무나 힘든 시기였다는 점을 기억할 필요가
있다. 계몽·선전극은 해당 작품이 생산되는 사회의 정치적
환경 변화와 관객의 성향 변화에 크게 영향을 받는다. 그러므
로 계몽·선전극의 공연주체는 당대 사회의 정치적 환경 변화
를 제대로 이해할 수 있는 능력과 더불어, 공연의 대상이 되는
관객층의 성향을 올바르게 파악할 수 있는 능력까지 갖추어야
한다. 시대를 제대로 읽어내지 못한 작품으로서는 어느 누구
도 계몽·선전해낼 수가 없기 때문이다. 그와 더불어 정치·
사회의 환경 변화와 시대적 요구를 빠르면서도 효과적으로 담
아낼 수 있는 공연양식을 구사할 수 있는 능력 또한 중요한
문제가 된다.

　광복직후 서울에서 활동하던 함세덕이 계몽·선전해야 할
대상은 미군정하에 있는 남한의 관객들이다. 그중에서도 새로
운 국가 건설의 방향에 대하여 함세덕과 다른 지향점을 가지
고 있는 사람들이 주 대상에 해당한다. 작가와 다른 지향을 갖
고 있는 사람들을 설득해내기 위해서는 그들과 어떻게 소통할
것인가를 염두에 두고 있어야 한다. '소통의 기본 모형'(a basic

model of communication)[74]을 통해 좀 더 설명해보기로 하자.

함세덕의 경우 좌익계열 작품이라는 명시적 가치(D)는 누가 보더라도 분명하기 때문에 그와 뜻을 달리하는 남한 사회의 관객들로서는 심정적인 거부감을 먼저 가지게 된다.[75] 여기에서 함세덕의 해석 영역(I)과 관객의 해석 영역(I)은 극단적으로 멀어지게 된다. 그러한 불일치는 작품의 명시적 가치(D)를 넘어서서 작품의 함축적 의미(C)를 찾아가는데 결정적인 방해가 된다. 함세덕의 작품이 보다 분명한 계몽·선전의 효과를 얻기 위해서는 함축적 의미(C)를 관객들에게 제대로 전달하여야 할 필요가 있으므로, 작가는 독자의 해석 영역(I)에 대한 배려를 우선적으로 하지 않으면 안 된다. 즉 함세덕 작품의 극중 현실과 관객들의 경험 현실 사이의 괴리를 어떠한 방법으로든지 해결하여야만 한다는 것이다.

1940년대 후반기 함세덕의 희곡에 시속적으로 나타나는 '토론의 장면화'는 그러한 어려움을 돌파하면서 계몽·선전의 효과를 얻기 위해 선택한 것이다. 토론의 장면화는 등장인물들 사이에 특정한 문제를 놓고 서로의 주장을 이야기하는 방식으로 보여주는 것이다. 이미 1920년대 KAPF계열 사회극에서 적극 활용되었는데, 대개의 경우 '각성한 인물'과 '무자각의 인물' 사이에서 이루어진다. 함세덕 작품에 등장하는 '토론의 장면화'도 그 틀에서 벗어나지 않는다. 예를 찾아보기로 하자.

박거복 : 진이가 뒤ㅅ곁을 갈아서, 김치 깍두길 맹글어
　　　　디리는 것 보담, 하로 바뻬 학교 나가서 렬심
　　　　히 공부하는게, 아버지 한텐 효도구, 또 고생
　　　　을 덜 해디리는 길이야.
진　이 : 우리 학원이 민주화 되기 까지는 절대루 나갈
　　　　수 없어요. 신도들한테 하나님 보다 천황이 높
　　　　다구 연설하고, 우리들 아버지와 오빠를 징용
　　　　으로 몰아 넣든 악질 친일파 목사가, 어떻게
　　　　신성한 학원의 교장이 될 수 있으며, 그밑에서
　　　　무슨 진정한 학문의 길이 열리겠어요?
박거복 : 곽목사는 신앙가야, 그리구 인격자야.
진　이 : 그래서 독실하구 실력 있는 교수들을 모주리
　　　　몰아내구 자기한테 알랑알랑하는 텅빈 대가리
　　　　들만 디리구 있군요. 그래서 이번 스트라잌의
　　　　주모잘 뒷구녁으루 경찰에 밀고하고, 학생들
　　　　을 협박해서 강제등교를 시켰군요. 조선이 현
　　　　재 이렇게 혼란되 있고 통일이 지연되는건, 이
　　　　들 친일파, 팟쇼분자들 때문이예요. 민주주의
　　　　란 구호뿐이고 일체가 독재자의 손아래 운영
　　　　되 나가구 있기 때문이에요.
박거복 : 건방지다 야. 우리 수국이 본받을까 무섭다.
　　　　조선이 독립이 안되는건 너같은 공산당패들
　　　　때문이라구 오각하께서두 말슴하셨다. 교장하
　　　　구 선생을 가랭이 밑에다 깔구 앉일려는 너 같

은 적색분자 때문에 미국사람들이 독립을 시
켜줄래두 시켜줄 수가 없다는거야.

<고목>에서 박거복과 진이가 당대 상황을 두고 언쟁을 벌
이는 장면이다. 입장의 차이에 따라 동일한 상황과 대상을 얼
마나 다르게 평가할 수 있는가를 드러내 보이는 것이다. 그 광
경을 지켜보는 관객의 입장에서는 박거복의 올바르지 못한 모
습들을 보아 왔기 때문에 자연스럽게 박거복보다는 진이의 의
견에 귀를 기울이게 되는 측면이 있다. 박거복의 잘못을 조목
조목 짚어가는 진이의 이야기는 함세덕이 관객에게 전하고 싶
은 이야기인 것이다. 즉 관객의 해석 영역(I)을 작가의 해석 영
역(I) 쪽으로 끌어옴으로써 작품의 효과를 높이려는 의도라 하
겠다. 이외에도 <고목>에는 수시로 '토론의 장면화'가 사용되
고 있는 데, 그만큼 작가가 관객에게 직접 하고 싶은 이야기가
많다는 뜻이겠다.

<기미년 3월 1일>, <소위 대통령>에서도 토론의 장면화는
자주 사용되고 있는 데, 뜻을 달리하는 등장인물 사이의 토론
뿐만 아니라 동지적 관계에서 이루어지는 토론도 많이 눈에
뜨인다. 특히 <산 사람들>에 많이 나타난다.

　　작전참모 : 사령관 동문 이 련석회의 제안을 어떻게 생
　　　　　　　각하십니까?

석민 : (크나큰 감격을 가지고) 삼천만 전 인민이 갈망
　　　하고 있는 회합이요. 내 자신이야 말헐것두 없지
　　　요. 우린 이번 회합에서 조국의 통일과 독립을
　　　위하여서 정견과 사상과 종교의 상이를 불문하
　　　고 총궐기 할 수 있다는 것을 보여줘야 할것입니
　　　다. 그래서 미제국주의자들 구실인 조선사람은
　　　파벌적이요, 파종적이요, 또 국가운명에 경험이
　　　없다는 것을 이번 회합을 통해서 결정적으루 분
　　　쇄해버려야 할것입니다.
작전참모 : 네
석민 : 이번 련석회의의 개최는 남북조선인민의 투쟁과
　　　승리에 대한 신심을 한층 제고시켜줄것입니다.
　　　더우기 무장투쟁을 준비하는 우리들에게 있어서
　　　는ㅡ

　　<산 사람들>의 경우에는 각성한 프롤레타리아가 중심이 된
4·3항쟁을 형상화 한 까닭에 뜻을 달리한 인물들 사이에 토
론이 필요하지 않은 상황이었다. <산 사람들>을 통해 함세덕
이 전달하고자 하는 바는 이승만 정권 성립의 부당성이다. 극
중 동지들 사이에 이루어지는 당대의 정세분석은 남한의 단독
선거를 막기 위해 북한이 얼마나 노력했는가를 알려주고자 하
는 것이며, 더 나아가 4·3항쟁이 지니는 역사적 의미를 부각
시키는 역할을 하게 된다. 이 역시 관객의 해석 영역(1)을 작가

의 해석 영역(I) 쪽으로 끌어오려는 시도인 것이다.

그로 인하여 1940년대 후반기 함세덕의 작품들은 그 이전의 작품에 비해 극적 갈등이 약한 특성을 가지게 되었다. 다시 말하자면, 등장인물의 성격이나 사회적 환경의 차이에서 오는 문제가 갈등을 일으키고, 거기에서 사건이 생성·전개되는 연극이 아니라는 점이다. <기미년 3월 1일>을 위시하여 <고목>, <소위 대통령>, <산 사람들>에 나오는 등장인물들은 이미 주어진 자기 입장을 가지고 있으며, 그러한 입장이 극중에서 어떠한 변화도 일으키지 않는다. 그런 점에서 그의 뛰어난 극작술이 퇴조해버렸다는 느낌을 받는 사람도 있을 것이다. 그렇지만 우리가 중요하게 파악해야 하는 것은 관객의 해석 영역(II)을 작가의 해석 영역(I) 쪽으로 끌어오려는 그의 시도이다.

광복직후 함세덕은 자기 자신이 선택한 바를 관객들과 공유하기를 바랐으며, 자신의 선택을 좀 더 많은 사람들이 받아들여주기를 바랐다. 그 결과 작품마다 토론의 장면화가 많아지게 되었는데, 1940년대 후반기 작품 중에서 극적 구성력이 가장 돋보이는 <고목>에도 극 전개의 긴밀성이 떨어진다고 우려할 정도로 많이 나타나고 있다. 그러나 이러한 문제를 극작술의 후퇴로 볼 수도 있겠으나, 그러한 결과를 모르지 않았을 함세덕의 의도를 이해하는 것이 우선되어야 한다. 자신과 뜻을 달리하는 관객들에게 광복직후 남한 사회에서 벌어지고 있는 일들의 진실을 알려주고자 열망 했던, 그리하여 그 현상을 바라보는 관객의 입장에 조금의 변화라도 생겨나기를 바라는 함세덕의 의도가 선택한 극적 특징이라는 사실이다.

2.3. 광복직후 이념의 선택과 8월 테제

1936년에 함세덕이 <산허구리>를 발표하였으니 조국 광복까지 약 10년 동안 활동을 한 셈이다. 그동안 자연주의극의 시선이 살아 있는 <산허구리>에서, 대중극의 진수를 보여준 <동승>으로, 그리고 친일극 <추장 이사베라>로 변화를 거듭하였는데, 그러한 변화에서 우리는 함세덕이 행했던 '고민과 선택'을 읽어낼 수 있어야 한다. 함세덕이 극작가로 활동했던 시기는 일제치하에서도 가장 어렵고 힘들었던 시기였다. 그 자신의 표현처럼 "집필청탁을 받게 될 땐 싹트자 서리를 맞는 격"(『동승』)이 되어버렸기에 함세덕은 고민과 선택을 계속해서 반복하면서 연극 활동을 할 수밖에 없었을 것이다. 그가 행한 고민의 핵심은 '연극을 어떻게 할 것인가'였을 것이며, 고민 끝에 선택한 결과는 남아 있는 작품들이 말해주고 있는 것이다. 그가 무엇을 버리고, 무엇을 선택 하였는가, 혹은 그 결과가 어떠한가에 대해서는 다양한 설명이 가능하겠다. 그러나 우리가 꼭 기억해야 할 한 가지는 함세덕이 시대의 변화에 수동적으로 이끌려 간 것이 아니라, 능동적으로 대처해 나간 작가라는 점이다. 광복직후 그의 활동 역시 능동적으로 시대의 변화를 고민하고 선택했던 결과로 보아야 할 것이다.

함세덕은 희곡집 『동승』을 내어놓으며 "8·15를 계기로 완전히 이 작품들[일제강점 하]의 세계에서는 탈피하였"다고 선언한 바 있다. 광복직후 작품을 볼 때 함세덕이 스스로 좌익 이념을 선택하였음은 분명한 사실이다. 함세덕이 좌익계열 연극인으로 활동한 이유를 유치진과 그 사이에 발생한 불협화음에서 찾는 경우도 있으나 설득력은 약해 보인다. 그런 관점에서는 1940년대 후반기 그의 작품에 일관되게 나타나는 이념 지향을 설명해낼 수가 없기 때문이다. 광복직후 그의 선택을 제대로 이해하기 위해서는 국민연극 시기 함세덕의 고민이 무엇이었으며, 그 고민을 해결하기 위하여 무엇을 선택하였는가를 다시 환기해볼 필요가 있다.

일어로 발표된 <거리는 쾌청한 가을 날씨>(1944)가 많은 점을 시사해준다. <거리는 쾌청한 가을 날씨>는 "가장 친일적 내용이지만, 계몽·선전극의 효과를 스스로 떨어뜨리는 방식으로 국민연극을 강요하는 체제에 대해 '반항'한 작품"이다. 친일적 작품을 계속 발표하던 그가 <거리는 쾌청한 가을 날씨>를 통해 또 다른 변신을 꿈꾸고 있었던 것이다. 시대의 모순과 정면으로 맞서지 못하고 제한된 조건 속에서나마 공연을 계속하려는 체념의 마음이 그를 대중극작가에서 친일극작가로 이끌어 갔다. 그러나 시간이 흐르면서 친일적 작품을 계속 생산하고 있는 자신의 한계를 스스로 발견한 것이다. 반항이란 자기 확신에 의하여 지속적으로 이루어지는 저항과 달리 소극적인 방식의 의사 표현이다. 따라서 적절한 이념에 의하여 포장되지 못하는 반항은 사회적 의미를 얻지 못하고 사라지는 경우가 대부분이다. <거리는 쾌청한 가을 날씨> 역시 그러하다. 그동안 발표했던 친일 연극의 이념적 기반을 완전히 거부하지는 못하고 있기 때문에 그의 반항은 사회적으로는 별 의미를 던져주지 못하고 있다. <거리는 쾌청한 가을 날씨>를 발표할 무렵의 함세덕은 일종의 이념적 공백 상태에 놓여 있었다고 말해도 좋을 것이다. 국민연극의 이념은 거부하지만, 그를 이끌어 줄 새로운 이념은 아직 발견하지 못한 상태인 것이다.

그 상태가 계속되었더라면 함세덕은 극작을 더 이상 계속하지 못했을 것으로 보인다. <거리는 쾌청한 가을 날씨> 같은 작품으로 버티기에는 국민연극 시기의 억압이 너무나 강했기 때문이다. 다행스럽게도 <거리는 쾌청한 가을 날씨>를 발표한 직후 함세덕은 조국 광복의 기쁨을 맛보게 된다. 거부하면서도 과감하게 떨쳐내지 못했던 국민연극의 이념으로부터 자유로워진 반면, 그는 새로운 이념의 선택에 조급해질 수밖에 없었다. 친일 연극인으로서의 정신적 부채와 더불어 창작 활동의 대부분을 계몽·선전극으로 보낸 그에게 있어서 이념의 공백 상태는 불안을 안겨주기 때문이다. 광복직후 새로운 이념을 선택하고자 했던 함세덕의 기준이 어디에 있었는지는 그의 작품이 잘 말해주고 있다. 앞서 살펴본 작품을 통해 정리해 보자면, 새로운 국가건설의 방향과 그것을 이루어내는 주체의 설정을 뒷받침해 줄 이념이 필요했던 것이다. 광복직후에 벌어지고 있는 혼란스런 상황을 원만하게 수습하면서 민족 구성원을 행복한 삶으로 이끌어갈 국가 체제는 어떠한 것인지, 그리고 누구의 손으로 그러한 국가체제를 이루어내어야 하는가가 함세덕의 근원적 고민이었다.

이 시기에 함세덕은 박헌영의 '8월 테제'를 접했던 것 같다. 그리고 자신이 원하는 것들을 이루는데 필요한 이념으로 그것을 수용하였다. 광복직후 처음으로 연극 공연을 시작하면서 그가 택했던 〈산적〉 공연이 그러한 사실을 잘 말해주고 있다. 1940년대 후반기 작품을 지배하는 이념의 기반을 〈산적〉 공연이 분명하게 드러내고 있기 때문이다. 함세덕과 더불어 배우로는 황철·김선영·김복자·이해랑 등이 참여한 「낙랑극회」는 "주로 정치에 구애(拘碍)되지 안은 자유한 입장에서 연극을 하자고 결성한 단체"[76]라고 알려져 있다. 일단 연극을 하기 위해 극단을 먼저 만든 것인데, 함세덕은 쉴러의 〈군도(群盜)〉를 〈산적〉으로 제목을 바꾸어 「낙랑극회」의 첫 번째 공연으로 무대에 올렸다. 이 작품의 경우 〈군도〉라는 제목에서 의적들의 활약을 다룬 이야기로 이해하기 쉽지만 그렇지 않고, 프랑켄(Franken)지방의 막시밀리안 폰 모오르(Maximilian von Moor) 백작의 두 형제 사이의 애증 관계에 기초한 비극물이다. 이 작품의 주동인물인 카알이 "현 사회에 반기를 들고 도적단의 두목이 되어 폭력을 통해 부패한 사회를 파괴하려고 한다"[77]고도 작품을 해석하지만, 사실상 카알의 분노는 사회의 구조적 모순에 대한 인식에 기초하고 있지 않다. 그러므로 카알의 분노가 향하는 지향점도 개인의 분노의 한계를 벗어나지 못한다. 질풍노도 시대의 정서, 바로 그 자체인 것이다.

그러한 <군도>가 함세덕에 의해 <산적>으로 개제되어 공연되는 것은 그 작품을 '집단을 통한 항거'라는 데에 초점을 맞추어 새롭게 해석했기 때문에 가능했을 것이다. 창작의 시간 여유를 갖지 못한 그로서는 번역극을 재해석하여 공연하는 방식을 선택한 것으로 보인다. <산적>의 공연에서 함세덕이 박헌영의 '8월 테제'를 적극적으로 자기화하고 있음을 느낄 수가 있다. '8월 테제'에서는 해방직후를 부르주아민주주의 혁명 단계로 규정하고, 광범위한 통일전선의 구축과 활발한 대중투쟁의 전개가 필요하다고 했다.[78] <산적>에서 귀족 카알은 그 사회에서 내몰린 평민들로 이루어진 무리에서 활약을 하다가 그들에 의해 추대되어 우두머리가 된다. 함세덕은 작품의 그러한 모습에서 통일전선과 혁명의 모습을 찾으려 했던 것이 아닌가 한다. 즉 귀족 카알이 그 자신의 힘만으로 영웅적 투쟁을 전개해나가는 연극이 아니라, 그 사회 민중들의 지지 속에서 능력을 발휘하게 되는 과정을 중요하게 다룬 연극이라는 사실에 함세덕이 주목한 것이다. 박헌영의 8월 테제 자체가 당장 어떠한 결과를 물리적 강제에 의해 얻어내기보다는, 그 결과에 이르는 과정을 중요하게 보고 정책을 수립하고자 하는 입장이라는 점에서 <산적>에서 함세덕이 의도한 바와 상통함으로 알 수가 있다.

<산적>을 기점으로 하여 1940년대 후반기 함세덕의 작품들은 '광범위한 통일전선의 구축과 활발한 대중투쟁의 전개'를 이념적 기반으로 하고 있고, 그래서 작품에서도 극중 사건의 결과보다는 과정을 보여주는 데 주력한다. <기미년 3월 1일>을 보면 그러한 사실이 더욱 분명하게 드러난다. 손병희를 위시한 민족지도자와 민중을 대표하는 학생들은 온갖 어려움을 헤치고 마침내 3·1만세운동의 거사를 이루게 된다. 함세덕은 참여 세력을 대표하는 인물들 사이에 무수하게 존재하고 있는 여러 의견들을 그들이 어떻게 조율해나갔던가를 여러 차례 강조해서 보여주고 있다. 다음의 예가 그 중의 하나이다.

> 리승훈 : 그건 자네들의 노파심일세. 우리도 자네들과 같이 새시대의 정신만은 늘 호흡하고 있으니까. 우리 지금 그 말은 가슴 속에 고대로 간직해두기로 하세. 지금 우리가 왕정복벽이니 공화국의 수립이니 하면 민족 분열을 초래하야 강력한 투쟁을 못 하게 될걸세. 그러니 투쟁목적은 한 곳에다 집중하세. 즉 그 목표를, 타도 일본의 한 곳에다 두잔 말일세. 그래서 독립이

되거든 그때 가서 우리가 바라는 정부를 세우
도록 하세.

　일단 힘을 모아 목표를 성취한 다음에 새로운 목표를 선정하여 다시 나아가자는 이승훈의 이야기는 통일전선과 혁명의 논리 바로 그것이다. 앞에서도 언급하였듯이 관객의 해석 영역(I)을 작가의 해석 영역(I) 쪽으로 끌어오려는 시도로 인하여 극 자체가 토론의 장으로 보이는 면도 있지만, 함세덕에게 필요했던 것은 계몽·선전의 효과를 극대화하는 연극이었다. 이 무렵 함세덕은 「연극동맹」의 맹원으로 활동하고 있었지만 <기미년 3월 1일>에서 계급적 관점을 강조해서 드러내지는 않은 것도, '8월 테제'를 자기화하면서 나타난 현상으로 보인다.

　함세덕은 "민족연극운동의 지침"[79]으로 평가 받은 <태백산맥>으로 대규모의 관객을 동원하기도 했지만, 늘 부족한 시간과 정치적 조건의 악화 속에서 활동해야 했다. 여유를 가지고 알뜰살뜰 다듬어 최상의 연극으로 만들어 관객을 계몽·선전할 여유가 없는 상황이었다. 1946년 초부터 "극우반공세력들은 미국＝즉시독립주장＝우익＝애국이고, 소련＝신탁통치주장＝좌익＝매국이라는 이념적 도식"[80]을 만들어 좌익 세력을 궁지에 몰아갔다. 1945년 8월 이후 두어 달 동안만 좌익계열 연극인들이 남한 사회에서 쫓겨 다니지 않았을 뿐, 그 이후는 엄청난 탄압 속에 시달렸다고 말해도 좋겠다.

시간과의 싸움을 역시 개작이라는 방식으로 극복한 작품이 <고목>이다. 일제강점하에 발표했던 작품이기에 창작의 부담이 줄어들며, 역시 계몽·선전극이기 때문에 이념의 문제만 바꾸어 넣는다면 특별한 어려움 없이 공연 가능하다는 이점도 있었다. 소극적 반항의 작품이 광복직후 자신의 선택을 드러내는 적극적인 계몽·선전극으로 재탄생하였다는 데에서 큰 의미를 부여할 수가 있다. 공연이 불가능한 상황을 받아들이면서도 자신의 선택을 실천하려는 작가적 의지의 소산이 바로 이 작품이다. 이미 <태백산맥>의 공연에서 공연금지를 당해본 경험[81]이 있는 까닭에 풍자극이라 하더라도 <고목> 정도의 내용은 공연이 불가능하다는 사실을 알고 있었다고 생각된다. 검열을 인정하고 합법적으로 극장공연을 의도했더라면 비판의 강도를 적절하게 조절해야 하고, 또 날카로운 표현들을 은유와 싱징 속으로 숨겨야 했을 것이다. 그러니 공연을 위힌 자기 검열을 애초부터 하지 않았기 때문에 당대 정치계의 실세인 이승만을 드러내어 마음껏 공격할 수가 있었다고 본다.

<고목>에 나타나는 프롤레타리아 연대는, 봉건적 요소를 탈피하는 데 있어서 "정신적 근거인 농민, 노동계급으로써 이 사업의 영도적 지위에 대한 자각 계몽운동"이 민족연극 수립의 기반이라는 좌익계열 연극의 일반론[82]과 맥을 같이 하고 있다.

월북 이후의 함세덕 작품도 통일전선의 구축과 대중투쟁의 전개라는 8월 테제의 기본적 입장을 그대로 유지하고 있다.

<소위 대통령>과 <산 사람들>에는 자기와 뜻을 달리하고 있는 남한의 관객들에게 자기 생각을 전달하고, 또 설득하고자 하는 의도가 변함없이 나타나고 있다. 따라서 함세덕의 작품은 북한의 연극과는 일정한 거리를 가지게 되었다.

월북한 송영은 "흥남 공업의 심장부인 흥남 공장 로동자들의 혁명적이며 애국적인 투쟁을 묘사한" <인민은 조국을 지킨다>, 흥남 공장의 여성 노동자가 "온갖 파괴적인 적들의 음모와 낡은 사상과의 갈등 속에서 단련되는 과정"[83]을 그린 <자매> 같은 작품을 발표하였다. 북한의 현실에 바로 발을 들여놓고 그 상황에 필요한 연극을 발표했다고 말할 수 있겠다. 거기에 비해 함세덕은 "조국 남반부의 생활을 반영한 두 편의 희곡"[84]을 내어놓았을 뿐이다. 물론 모든 극작품은 어디에서든 공연될 수 있겠지만, <소위 대통령>에서 풍자의 웃음을 얻어내고, <산 사람들>을 통해 그들의 죽음이 지닌 가치를 이해시키기에는 남한의 관객이 절대적으로 유리하다. 월북 이후에도 함세덕은 새로운 국가 건설의 방향과 프롤레타리아에 대한 신뢰를 남한의 관객들과 공유하기를 원했던 것으로 보인다. 비록 정치적 상황이이 여의치 않아서 북으로 향했지만 그의 연극은 여전히 남에 남아 있었던 셈이다.

그러므로 함세덕의 연극은 여전히 미완성이다. 전쟁이 발발하자마자 서울을 향해 달려왔던 그는 광복직후 자신의 선택이 어떠한 방식으로 전개되어 가는가를 제대로 지켜보지도 못하고 세상을 뜨고 말았다. 새로운 국가 건설 이후에 그가 가고자 했던 또 다른 작품 세계를 우리는 알지 못하게 되어 버렸다. 결국 남한에서는 좌익계열 연극인으로 기억되면서 언급이 금지 되었고, 북한에서는 전쟁 이후 북한 연극에 기여한 바가 없다는 이유로 이름조차 사라지고 말았다.[85] 1940년대 후반기 함세덕의 연극은 그 자신이 선택한 이념을 실천하기 위해 시간과 조건의 어려움 속에서 고군분투했던 결과물이다. 그 결과물은 아무리 어려워도 '연극과 관객'을 떠나지 않으려 했던 함세덕의 노력 그 자체이기도 하다.

참고문헌

노제운,『함세덕 문학전집 Ⅰ, Ⅱ』, 지식산업사, 1996.
함세덕,『동승』, 박문출판사, 1947.

강만길,『한국현대사』, 창작과 비평사, 1984.
강만길 외,『해방전후사의 인식』2, 한길사, 1985.
극예술학회 편,『한국현대극작가론 3-함세덕』, 태학사, 1995.
김광요 외 편역,『독일희곡선』, 한국문화사, 1995.
김남식,『남로당연구Ⅱ』, 돌배게, 1988.
김만수,『함세덕』, 건국대출판부, 2003.
김재석,『일제강점기 사회극 연구』, 태학사, 1995.
김재석,『한국 연극사와 민족극』, 태학사, 1998.
박성봉 편역,『대중예술의 이론들』, 동연, 1994.
성낙주,『에밀레종의 비밀』, 도서출판 푸른역사, 2008.
신형식,『신라통사』, 도서출판 주류성, 2004.
양종국,『백제 멸망의 진실』, 도서출판 주류성, 2004.
유민영,『한국 현대희곡사』, 홍성사, 1982.
윤진현,『풍경, 함세덕』, 다인아트, 2008.
이가원·허경진 역주,『삼국유사』, (주)도서출판 한길사, 2006.
이강래 역주,『삼국사기Ⅱ』, (주)도서출판 한길사, 1998.

맥도넬, 다이안, 임상훈 옮김,『담론이란 무엇인가』, 한울, 1994.
브로케트, Oscar G., 김윤철 옮김,『연극개론』, 한신문화사, 2003.

브레히트, 베르톨트, 김기선 옮김, 『서사극 이론』, 한마당, 1989.

스밀리, 샘, 이재명·이기한 옮김, 『희곡 창작의 실제』, 평민사, 1997.

아스므트, 베른하르트, 송전 옮김, 『드라마 분석론』, 한남대학교출판부, 1986.

에슬린, 마틴, 원재길 옮김, 『드라마의 해부』, 청하, 1987.

A.P. Foulkes, *Literature and Propaganda*, N.Y. : Methuen & Co, 1983.

미주

1 이재현, 「수난의 민족연극」, 『민성』, 1948. 8, 46쪽.

2 함세덕, 『동승』, 박문출판사, 1947, 207쪽.

3 유민영, 『한국 현대희곡사』, 홍성사, 1982, 322쪽.

4 계몽·선전극(propaganda theatre)은 공세적 계몽·선전극과 수세적 계몽·선전극으로 대별된다. 공세적인가 수세적인가는 계몽·선전의 대상이 가지고 있는 이념에 대하여 작가 자신이 적극적으로 옹호하는 입장인가, 아닌가에 따라 나누어진다. 공세적 계몽·선전극과 수세적 계몽·선전극은 상대적인 면이 강한 용어라는 점이 문제가 될 수 있겠지만, 계몽·선전극의 사회적 기능을 파악하는 데 있어서는 아주 유용하게 사용될 수 있는 개념이다. 수세적 계몽·선전극의 대표적인 예는 1950년대 반공극을 들 수 있는데, 자유민주주의에 대한 자신의 이념을 적극적으로 펼쳐나가려는 의지와 목적 보다는 사회적 필요성에 동반하여 창작한 경우가 많았다. 이에 대해서는 김재석의 「1950년대 반공극의 구조와 존재 의미」(『한국 연극사와 민족극』, 태학사, 1998, 416쪽)를 참조.

5 희곡의 공간에 있어서 무대에 직접 재현되는 공간이 '가시적 공간'이라면, 관객의 상상에 의해 구축되는 '비가시적 공간'이 있다. '비가시적 공간'은 무대 위에 현존하지 못하는 공간을 사용할 수 있게 해주는 것이어서 희곡의 공간 확장에 유용하게 쓰이고 있다.

6 '담장 넘어 보기'란 높은 곳에서 다른 공간을 바라보고 그 공간의 일을 무대상의 현재 공간에 삽입하는 방식이다. '성벽 위의 조망'도 여기에 속할 수 있다.

7 '보고자의 보고'란 다른 장소에서 일어난 일을 목격한 인물이 그 상황을 보지 못한 사람에게 그대로 전해주는 방식이다. 별도의 공간에서 일어난 일이 무대상의 현재 공간으로 삽입되어 들어오는 효과를 얻을 수 있다.

8 유치진, 「연극의 대중성」, 『신흥영화』, 1932. 6, 12쪽.

9 유치진, 「못다부른 노래의 아쉬움」, 『문학사상』, 1973. 5, 266쪽.

10 함세덕은 <해연> 당선소감에서 "현재 조선에는 희곡이 독자를 갖지 못한 관계도 있겠지만 너무도 천대를 받고 있"다고 비판하면서, "내 자신을 채찍하며 일로 신극에 전심매진(專心邁進)할 것을 스스로 믿으며 또 자중하여 일생을 신극에 바칠 것을 맹세"한다고 했다.

11 연극에서 대중성은 보통 상식의 일반 관객들에게 쉽게 받아들여지는 성질로써, 관객의 기호를 의식하여 작품 내에 의도적으로 배치된 요소들에 의해서 생성된다. 즉 작가의 의도적 노력에 의해 얻어지는 것이며, 당연히 작가의 이념과 밀접한 관련을 가지게 된다. 이번 글에서는 대중성과 통속성이라는 용어를 별다른 차별 없이 사용하며, 대중도 일반적 다수의 사람들을 의미한다.

12 베르톨트 브레히트, 김기선 옮김, 『서사극 이론』, 한마당, 1989, 17~19쪽 참조

13 박성봉 편역, 『대중예술의 이론들』, 동연, 1994, 90쪽.

14 양승국, 「<동승>의 공연텍스트적 분석」, 『한국현대극작가론 3 - 함세덕』, 태학사, 1995, 131쪽.

15 물론 "아이, 그애 참, 의젓하게두 생겼다. 쉬영아들 삼았으면 좋겠네"라
고 불공드리기 전에 도념에게 말을 흘린 것으로 되어 있지만, 진작에
주지를 만나 수양아들로 삼기 위한 아무런 조처도 취하지 않았으므로
마찬가지이다.

16 양자 삼기 어려울 것이라는 정심의 이야기에, 도념은 "아주머니께서 잘
말슴였주면 됩니다"라고 한다. 여기에 대해 미망인은 "염려마라"하면서
도념을 안심시킨다. 도념과 미망인의 이러한 대화는 이 절에서 차지하
고 있는 미망인의 힘을 자신도 인정하고 있다는 사실을 알게 한다.

17 김재석, 『일제강점기 사회극 연구』, 태학사, 1995, 참조

18 준비는 있음직한 것을 부여하기 위한 모든 종류의 특정한 디테일을 희
곡작품에 모은 것이며, 준비된 것들은 행동들과 인과관계를 불가피한
것으로 만들어 준다. 샘 스밀리, 이재명·이기한 옮김, 『희곡 창작의 실
제』, 평민사, 1997, 106쪽.

19 아리스토텔레스의 『시학』 이래 플롯에서 제일 중요하게 여겨지는 것은
인과관계이다. 인과관계를 제대로 유지하기 위해서는 필연적으로 지켜
야 할 사항들이 있기 마련이며, 그것을 필연성이라 부르기로 한다. 따라서
필요성이 필연성 보다 앞선다고 하는 설명은, 작가가 자신의 주제를 부각
시키기 위하여 일정 부분의 필연성을 의도적으로 훼손하는 경우이다.

20 도념을 두고 주지와 미망인이 줄다리기 하는 과정을 세분화 해본 것이
다. 여기서 장면이라는 용어는 최소한의 의미 단락이라는 뜻이다.

21 김재석, 『일제강점기 사회극 연구』, 109~129쪽 참조.

22 조선일보 신춘문예 당선작인 <해연>을 보고, 함세덕의 재능을 인정한
유치진과 교류하였다(오애리, 「새 자료로 본 함세덕」, 『한국극예술연구』
1집, 태동, 1991, 276쪽)고 하지만 극작을 시작할 당시부터 이미 사숙(私
淑)의 상태였을 것이다.

23 1942년 경에 『춘추』에 발표하였으나 전면 삭제 당한 것으로 알려져 있으며, 지금 확인되는 대본은 『동승』에 실린 것이다.

24 <감자와 쪽제비와 여교원>만이 다르다.

25 박영정, 「함세덕의 <에밀레 종> 연구」, 『한국현대극작가론3 – 함세덕』, 태학사, 1995, 188쪽.

26 Oscar G. 브로케트, 김윤철 옮김, 『연극개론』, 한신문화사, 2003, 409쪽 참조.

27 역사적 사실에서 소재를 취사선택하여 창작된 작품이 역사소재극 (Drama of history material)이다. 역사소재극과 역사극은 그 범주가 일치하기도 하고, 때로는 역사극이 훨씬 더 좁은 범주로 제한되기도 한다. 역사극의 개념을 어떻게 설정하는가에 따라 차이가 나는 것이다.

28 제3막의 극중 배경이 되는 망해전의 풍경을 설명할 때 "삼국사기 백제 본기 무왕편"이라고 출전을 직접 밝히기도 했다.

29 작품의 4막에는 시간표지가 없다. 극중 정황으로 볼 때 의자왕이 부소산성을 나와 웅진성으로 탈출 하는 날이니 항복하기 며칠 전일 것이다. 정확한 날짜를 알지 못하여 함세덕이 시간 표지를 넣지 않았던 것 같다.

30 극의 전체 흐름에서 중요한 역할을 하는 화소를 중심으로 했다. 1-1은 제1막의 첫 번째 등장하는 화소라는 뜻이다.

31 국민연극 시기 함세덕의 역사소재극에 나타난 창작방식에 대해서는 역사적 사실(historical fact)의 '인용'과 '변형', '창조'의 세 가지 기준을 가지고 분석할 수 있다. '인용'은 역사상에 실제로 존재했던 사실이 극의 화소로 그대로 삽입되어 있는 경우이며, 역사극의 사실성을 높이는 데 기여한다. '변형'은 역사상에 실제로 존재했던 사실이지만 극의 주제를 부각시키기 위하여 작가가 일정 부분 가공하여 활용하는 것이다. 극의 사실성 확보에 기여하면서도 작가의 의도를 반영시킬 수가 있어서 역

사소재극에서 활용도가 높은 창작방법이라 하겠다. '창조'는 역사상에 실재하지 않았던 사실을 작가가 완전히 창조하여 극에 삽입하는 방법이다. 주로 '인용'되거나 '변형'된 역사적 사실을 유기적으로 연결 시켜서 극의 주제를 강화하기 위해 적극 활용되는 창작 방법이다.

32 『삼국사기』 권42, 열전 제2−김유신 중(4) 임자가 어떻게 죽었는지는 기록되어 있지 않다. 연희의 칼을 맞고 죽은 것은 함세덕의 변형이지만 백제의 배신자라는 기본적인 틀을 그대로 가지고 있기 때문에 인용으로 보아야 한다. (『삼국사기』는 이강래 역주, 『삼국사기Ⅱ』, (주)도서출판 한길사, 1998을 참고 하였다. 이후에는 원본의 인용처만 밝히기로 한다.)

33 『삼국사기』 권28, 백제본기 제6, 의자왕 16년.

34 왕 : 날이 날마다, 베푼 연회와 가지가지 역사가 너 하나를 기쁘게 할려 함이었거늘, 이제 돌아보니, 짐은, 네가 백제의 국고를 말리려고 하는 간계에 넘어갔었고나.

35 법민 : 네 아비가 적왕의 공주를 뺏어다 일생을 짓밟은 건, 군자의 행실이냐? 내 누이를 내놓아라.

36 백제 부흥군이 세력을 결집 시키자, 당의 지시에 따라 웅진도독으로 부임하여 백제유민을 회유 했다. 이러한 부분은 함세덕이 <낙화암>에서 다루는 범위를 넘어간 것이기 때문에 고려하지 않기로 한다.

37 『삼국유사』 권3, 제4 탑상(塔像), 황룡사종 분황사약사여래상 봉덕사종. "왕은 黃銅 十二萬斤을 喜捨하여 先考 聖德王을 위하여 巨鐘 一口를 鑄成하다가 이루지 못하고 돌아가매 그 아들 惠恭大王 乾運이 大曆庚戌十二月에 有司에게 命하여 工匠들을 모아 기어이 完成하여 奉德寺에 安置하였다." (『삼국유사』는 이가원·허경진 역주, 『삼국유사』, (주)도서출판 한길사, 2006을 참조 하였다. 이후 원본의 인용처만 밝히기로 한다.)

38 성낙주, 『에밀레종의 비밀』, 도서출판 푸른역사, 2008, 21~42쪽 참조.

39 성덕대왕신종의 명문(銘文)에 적힌 장인의 이름은 주종대박사 대나마 박종일, 차박사 나마 박빈나, 나마 박한미, 대사 박부악이다.

40 시무나 : 눈 잘 고치는 의박사 누구 아는 사람 없어? 일본에는 의술이 여기보다 발달했다지 않어?

41 신형식, 『신라통사』, 도서출판 주류성, 2004, 379쪽 참조.

42 『삼국사기』 9권, 신라본기 제9, 경덕왕 12년.

43 시무나가 미치노쿠노쿠니에 대한 동경을 노래하는 곡(535쪽)은 일본의 『만엽집』에 실려 있는 오오토모 야카모치(大伴家持)의 작품을 옮겨놓은 것이다. 이 노래 역시 백제유민의 생활과 관련이 있으나 신라와 연결 시켜 활용 했다.

44 두 가지 정반대 방향의 계몽·선전을 하나의 작품에 공존시키려는 시 도이며, 표면에는 일제의 지배담론을 드러내고, 이면에는 식민지 조선 의 저항담론을 숨겨두는 방식이다.

45 양종국, 『백제 멸망의 진실』, 도서출판 주류성, 2004, 133쪽.

46 함세덕은 이러한 설정이 사실임을 확인시키기 위하여 『삼국사기』 백제 본기 무왕편의 기록을 인용해두었다.

47 비동일시 주체는 주체가 구성되는 세 가지 기제를 페쇠(pêcheux)가 설명 하면서 사용한 용어이다. "비동일화는 이데올로기 종속의 지배적 실천 에 편승하는 동시에 저항하는 작업의 결과"이다. "비동일화는 지금 우 세한 이데올로기 실천에 편승하는 동시에 저항하는 정치적이고 이데올 로기적인 실천에 의해 발생 가능한 것이다." 이에 대해서는 다이안 맥도 넬, 임상훈 옮김의 『담론이란 무엇인가』, 한울, 1994, 53~54쪽을 참조.

48 1941년 3월에 극단 「현대극장」이 설립되는데, 일제가 구상했던 식민지 조선 연극계의 개편이 완료되었음을 알려주는 사건이다.

49 지금의 작품에서는 감자를 공출해가는 주체가 미군정으로 되어 있으나,

이것을 일제로 바꾸어 놓아도 내용 전개상 아무런 무리가 발생하지 않는다.

50 함대훈, 「국민연극의 방향」, 『춘추』, 1941. 6, 52쪽.

51 A.P. Foulkes, Literature and Propaganda, N.Y. : Methuen & Co, 1983, pp.29~30.
  T=텍스트(Text), A=작가(Author), R=독자(관객)(Reader), D=명시적 가치(Designative value), C=함축적 의미(Connotative dimensions), I=해석 영역(interpretant)

52 협조자는 극의 주동인물과 반동인물(antagonist)의 어느 쪽이든 도와서 극중 사건의 결과에 영향을 미치는 인물이다. 협조자가 주동인물과 반동인물의 어느 쪽을 도와주느냐에 따라 주동인물이 겪는 고난의 정도가 달라진다.

53 "나는 내 땅, 내 재물 다—뺏기고, 저것(셋째 아들 요셉을 죽인 상황을 말함—인용자)으로 우리집 가계는 끄쳤습니다. 인제는 나도 시바도 믿을 수 없고, 후지키 센세이와 일본만 믿습니다."

54 대중극에는 긍정이고 낙관적인 주동인물과 피해자형 주동인물이 공존하는데, 함세덕은 일제 강점하의 억압에 시달리는 식민지 관객들의 보편적 정서에 접근하기에는 피해자형 주동인물이 더 큰 효과를 얻는다고 여긴 듯하다. <동승>에서부터 그러한 경향을 선보이고 있다.

55 시무나 : 세상에 가장 아름다운 것은 깨끗한 희생입니다. 자기를 죽여 남의 행복을 빈다는 이 우에 더 깨끗한 일이 있을까요?

56 강만길, 『한국현대사』, 창작과 비평사, 1984, 174쪽.

57 장상환, 「농지개혁과정에 관한 실증적 연구」, 『해방전후사의 인식』 2, 한길사, 1985, 304쪽.

58 황한식, 미군정하 농업과 토지개혁 정책, 『해방전후사의 인식』 2, 한길

사, 1985, 289쪽.

59 오각하가 오랜 외국생활을 했고, 그의 부인이 외국인이며, 남한의 단독 정부수립을 촉구하고 다니는 행동을 볼 때, 이승만을 빗댄 인물임에 틀림이 없다. 이것 때문에 작품이 발표된 당시에 극장을 통해 공연되지 못했을 것이다.

60 장상환, 농지개혁과정에 관한 실증적 연구, 『해방전후사의 인식』 2, 한길사, 1985, 311쪽.

61 강만길, 앞의 책, 172~173쪽 참조.

62 강만길, 위의 책, 174쪽.

63 마틴 에슬린, 원재길 옮김, 『드라마의 해부』, 청하, 1987, 80~81쪽 참조.

64 극의 '중심인물'과 '주변인물'이란 용어는, 등장인물들 간의 이해관계를 떠나서 그들이 맡고 있는 역할의 비중에 따라 분류할 때 사용하는 것이다.

65 '직접 성격묘사'는 등장인물의 성격을 기술(記述)을 통해 직접 드러내는 것이고, '간접 성격묘사'는 등장인물의 행동방식을 관찰하게 하여 관객이 그의 성격을 인식하게 하는 방법이다. 베른하르트 아스무트, 송선 옮김, 『드라마 분석론』, 한남대학교출판부, 1986, 128쪽.

66 베른하르트 아스무트, 앞의 책, 132쪽.

67 한 등장인물(혹은 다수의 등장인물)이 대개는 높은 망루에서(도시의 성벽, 탑, 언덕, 근세의 옥내극장에서는 창문에서) 자신이 목격한 바를 말로 전한다. (베른하르트 아스무트, 앞의 책, 164쪽 참조),

68 「조선민족문화 건설의 노선(잠정안)」, 『해방일보』, 1946. 2. 10.

69 김남천, 「새로운 창작방법에 대하여」, 『건설기의 조선문학』, 163~164쪽.

70 스테판 코울, 여균동 옮김, 『리얼리즘의 역사와 이론』, 미래사, 1986, 202쪽.

71 <고목>은 1944년에 일어로 발표한 희곡 <거리는 쾌청한 가을 날씨(町は秋晴れ)>(『국민문학』 11월)를 개작한 것이다.

72 장상환, 「미국에 의한 한국사회의 재편성」, 『제국주의와 한국사회』, 한울아카데미, 2002, 157쪽.

73 김욱, 「연극시감」, 『예술운동』, 1945. 12, 33쪽.

74 A.P. Foulkes, 앞의 책, 29~30쪽.

T=텍스트(Text), A=작가(Author), R=관객(Reader), D=명시적 가치(Designative value), C=함축적 의미(Connotative dimensions), I=해석 영역(interpretant) 이것에 대한 상세한 설명은 Ⅲ장 참조.

75 이 점은 197, 80년대 한국 연극계의 상황을 살펴보아도 잘 알 수 있다. 이른바 '제도권 연극'과 '운동권 연극'으로 양분되었던 연극계의 상황은 공연담당자들의 문제만이 아니라, 관객들까지도 양분화 되는 결과를 낳았다. 관객들도 자신의 입장과 다르다고 생각되는 연극 공연에는 거의 발길을 하지 않았으며, 공연 성과를 애써 무시하는 자세를 보이기도 했다. 이처럼 연극 관객들에게 있어서는 특정 작품이 가지고 있는 명시적 가치가 대단히 중요한 의미를 가진다.

76 함세덕, 「연극의 1년 보고」, 『신천지』, 1946. 8, 142쪽.

77 김광요 외 편역, 『독일희곡선』, 한국문화사, 1995, 33쪽.

78 김남식, 『남로당연구Ⅱ』, 돌배게, 1988, 22쪽 참조.

79 이재현, 「수난의 민족연극」, 『민성』, 1948. 8, 46쪽.

80 이강수, 「해방 직후 남·북한의 친일파 숙청 논의 연구」, 『전남사학』 제20집, 전남사학회, 30쪽.

81 1947년 1월 30일 발표한 수도경찰청장 장택상의 고시에 저촉된다는 명목으로 상연금지를 당하였다가, 내용을 상당 부분 삭제 한 후 2월 27일부터 상연이 재개되었다고 한다. 현재원, 『해방기 연극운동 연구』, 성균

  함세덕, 그가 걸었던 길

관대학교 대학원 박사논문, 2000, 78쪽.

82 김태진, 「민족연극기초」, 『자유신문』, 1946. 11. 13. 이 당시 김태진은 「연극동맹」의 이사였다.

83 윤세평, 『해방후 우리 문학』, 조선 작가 동맹 출판사, 1958, 230~231쪽.

84 윤세평, 앞의 책, 234쪽.

85 최근에 간행된 최창호의 『민족수난기의 연극2』(평양출판사, 2002)에는 「사진을 통해 보는 오랜 연극인들」이라 하여 많은 연극인을 다루고 있는데, 이기영·송영을 위시하여 월북문인들도 다수 들어 있다. 그러나 함세덕은 이름조차도 다루어지지 않고 있다.

함세덕 연보

1915년	5월 인천에서 태어남. 부친은 함근욱, 모친은 송근신이며 2남 3녀 중 장남.
1915년	10월에 목포로 전 가족이 이사하여 생활하다가, 보통학교 2학년 때 인천으로 다시 돌아옴.
1929년	인천 공립보통학교 졸업.
1934년	인천 상업학교 졸업. 「일한서방」에 취업하였으며, 김소운을 통해 유치진을 소개 받음.
1936년	<산허구리>를 『조선문학』 9월호에 발표
1939년	유치진이 함세덕의 <도념>(후일 <동승>으로 개제)을 연출하여, 제2회 연극경연대회(동아일보사 주최)에 참가.
1940년	『조선일보』 신춘문예에 <해연>이 당선, 1월 3일부터 2월 9일에 걸쳐 연재.
1940년	『조광』 1월호부터 4월호에 걸쳐 <낙화암>을 발표
1940년	<닭과 아이들>을 『동아일보』에 3월 15일부터 3월 31일까지 발표
1940년	『소년』 7월호에 <5월의 아침>을 발표
1940년	<동어의 끝>(후일 <무의도 기행>으로 개제)을 『조광』 9월호에 발표
1940년	『문장』 11월호에 <서글픈 재능>(후일 <추석>으로 개제) 발표.
1941년	『문장』 2월호에 <심원의 삽화>를 발표
1941년	<무의도 기행>을 『인문평론』 4월호에 발표

1941년	<감자와 쪽제비와 여교원>을 『춘추』에 게재 예정이었으나, 검열로 전문 삭제된 것으로 알려짐. 이 작품은 희곡집 『동승』에 게재 됨.
1942년	『국민문학』 3월호에 <추장 이사베라>를 발표.
1942년	일본의 극단 「전진좌」에서 연수 활동을 한 것으로 알려져 있음.
1942년	<エミレェの鐘>의 4막을 『국민문학』 1월호와 2월호에 발표.
1943년	극단 「현대극장」에서 <황해>를 함세덕의 연출로 제2회 연극경연대회에서 공연함.
1944년	일본어로 쓴 <町は秋晴れ>를 『국민문학』 11월호에 발표.
1945년	조국의 광복을 맞이하고, 서일성 등과 함께 극단 「낙랑극회」를 9월에 창립.
1945년	쉴러의 <군도>를 함세덕이 번안하고 연출하여 <산적>이라는 제목으로 「낙랑극회」에서 공연.
1946년	<기미년 3월 1일>을 조선연극동맹의 제1회 3·1절 기념연극대회에서 「낙랑극회」가 공연.
1946년	조선연극동맹이 주최한 「희곡의 밤」에서 <감자와 쪽제비와 여교원>이 낭독됨.
1947년	<태백산맥>이 제2회 3·1절 기념연극제에서 공연되었으나, 지금 현재 대본은 전해지지 않고 있음.
1947년	『문학』 3월호에 <고목>을 발표
1947년	희곡집 『동승』을 박문출판사에서 6월에 발간. 이후 월북한 것으로 추정됨.

1949년	<소위 대통령>을 『종합 단막 희곡집』(문화희곡사)에 발표
1949년	『문학예술』 12월호(1막)와 1950년 1월호(2막), 2월호(3막), 3월호(4막)에 걸쳐 <산 사람들>을 발표.
1950년	6·25에 인민군으로 참전하였으며, 서울 신촌 부근에서 폭발사고로 숨짐.
1988년	월북 작가 해금 조치와 함께 삼성출판사에서 간행한 『한국해금문학전집』 중의 하나로 함세덕 희곡선집이 간행됨.
1991년	극단 「연우무대」에서 주최한 제1회 「한국 현대연극의 재발견」에서 박원근의 연출로 <동승>이 공연됨.
1993년	극단 가인에서 창단공연으로 <감자와 쪽제비와 여교원>을 공연함
1996년	노제운이 함세덕의 작품과 평론을 모아 『함세덕 문학전집』(전2권)을 지식산업사에서 간행함.
1999년	「국립극단」에서 김석만의 연출로 <무의도 기행>을 공연함.
2003년	주경중 감독의 각색·연출로 <동승>이 영화화 됨.

저자 **김재석**__ 경북대학교 인문대학 국어국문학과 교수

필자는 한국 근대극의 형성과 전개 과정을 집중적으로 연구해왔다. 현재 우리의 극이 가지고 있는 특징을 바르게 이해하고, 또 세계의 극 속에서 우리 극의 가치를 제대로 자리 매김하기 위해서는 근대극이 정착될 무렵에 생성된 특징을 바로 아는 것이 중요하다고 판단했기 때문이다. 마당극에 대한 관심도 그 연장선상에 놓이는 것이다. 근대극의 형성기에서부터 한국의 극담당자들이 그려왔던 근대극의 실체가 마당극이라 여기고 있으며, 우리가 행하고 있는 극 중에서 세계에 내어놓을 만한 가장 한국적인 극이라 생각하고 있다. 마당극 이론을 체계화고, 마당극다운 마당극을 만들어 세계를 향해 내어놓는 것을 꼭 마쳐야 할 숙제로 삼고 있다.

주요 저서로는 『일제강점기 사회극 연구』, 『근대전환기 한국의 극』, 『한국 현대극의 이론』, 주요 창작 극작품에는 〈천일야화〉, 〈춘향전을 연습하는 여자들〉, 〈신태평천하〉 등이 있다.

경북대 인문교양총서 ⑮

함세덕, 그가 걸었던 길

초판 인쇄 2012년 1월 25일
초판 발행 2012년 1월 31일

지은이 김재석
기 획 경북대학교 인문대학
펴낸이 이대현
편 집 이소희 권분옥 박선주
디자인 이홍주
마케팅 박태훈 안현진

펴낸곳 도서출판 역락
주 소 서울시 서초구 반포4동 577-25 문창빌딩 2층
전 화 02-3409-2060(편집), 2058(마케팅)
팩 스 02-3409-2059
등 록 1999년 4월 19일 제303-2002-000014호
전자우편 youkrack@hanmail.net

값 10,000원
ISBN 978-89-5556-964-3 04810
      978-89-5556-896-7 세트